SUITE DE L'HISTOIRE

DE

MANON LESCAUT

(LIVRES III, IV ET V)

ATTRIBUÉE

A L'ABBÉ PRÉVOST

FRAGMENS SUR MANON LESCAUT,
PAR MM. SAINTE-BEUVE, JULES JANIN ET ARSÈNE HOUSSAYE.

PARIS
FERDINAND SARTORIUS, ÉDITEUR
17, QUAI MALAQUAIS

M DCCC XLVIII

SUITE DE L'HISTOIRE

DU

CHEVALIER DESGRIEUX

ET DE

MANON LESCAUT

Imprimerie GERDÈS, rue Saint-Germain-des-Prés, 10.

SUITE DE L'HISTOIRE

DU

CHEVALIER DESGRIEUX

ET DE

MANON LESCAUT

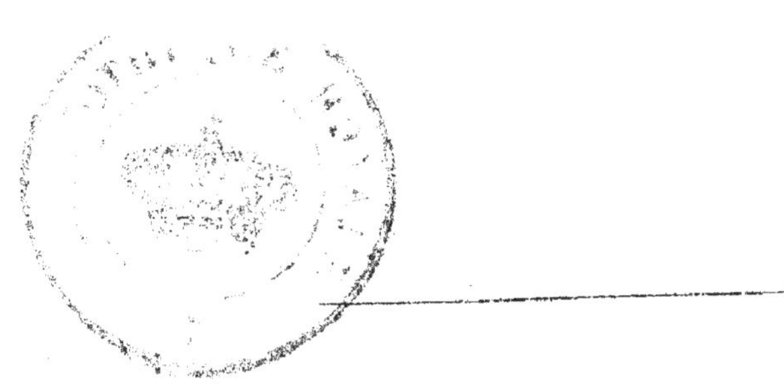

PARIS

FERDINAND SARTORIUS, ÉDITEUR

17, QUAI MALAQUAIS.

M DCCC XLVII.

AVANT-PROPOS.

Une trouvaille littéraire très précieuse est celle de la suite de *l'Histoire de Manon Lescaut et du chevalier Desgrieux* (livres troisième, quatrième et cinquième), imprimée à Amsterdam en 1760 par Marc-Michel Rey, l'année même du dernier voyage en Hollande de l'abbé Prévost.

Rien d'ailleurs dans cette édition, dont nous possédons un exemplaire à peu près unique, ne prouve que ces troisième, quatrième et cinquième parties soient de l'abbé Prévost; mais, si on n'a pas de preuves matérielles, ne peut-on pas se décider sur le style? L'abbé Prévost avait une manière toute personnelle d'enchaîner la vérité à l'imagination.

Le XVIIIe siècle a produit les trois plus beaux romans de la langue française, *Gil-Blas*, *Candide*, *Manon Lescaut*. La satire, l'esprit, la passion, sont l'ame de ces trois chefs-d'œuvre; jamais on n'a mieux raconté l'histoire familière de l'humanité; pour certains esprits qui osent dire ce qu'ils pensent, il n'y a pas loin de ces trois odyssées à celle d'Homère. Depuis Régnier, Molière et Lafontaine, on n'avait jamais vu de plus franche gaieté, de plus vive satire, de plus profonde passion.

Nous laissons à nos lecteurs le droit de décider si cette suite d'un chef-d'œuvre est de l'abbé Prévost. Peut-être trouvera-t-on ces pages détestables : l'abbé Prévost en a signé d'excellentes; peut-être les trouvera-t-on excellentes : l'abbé Prévost en a signé de détestables. On jugera. Tout ce qui se rattache à un chef-d'œuvre est digne de la curiosité littéraire?

Quelle physionomie poétique, romanesque, singulière que celle de l'abbé Prévost, qui fut trois fois jésuite, deux fois soldat, long-temps exilé, toujours amoureux, soit dans les marais de la Hollande, soit dans les brumes de l'Angleterre, soit dans la cellule du cloître ou dans les cabarets de Paris! Natures riches, heureuses, inconstantes, telles que Dieu doit se complaire à les créer dans un jour de gaieté mélancolique; plus de cœur que de tête, plus de poésie que d'esprit, plus de rèves que de réflexions, voilà les priviléges de ces belles natures qui s'épanouissent dans toute leur séve et dans tout leur éclat, — fleurs écloses en belle saison qui ont eu dans leurs chaudes matinées la rosée, le rayon et l'orage.

L'abbé Prévost eut la bonne foi pour lui, soit qu'il fût avec les bénédictins ou avec les soldats, soit qu'il priât Dieu ou sa maîtresse. Il représente tour à tour Desgrieux ou Tiberge; ces deux caractères de son roman ne répondent-ils pas aux deux natures qui se combattaient sans relâche dans ce cœur si grand et si faible? Desgrieux et Tiberge, c'est l'action et la réaction, la folie qui s'échappe, la raison qui prend le dessus. Le romancier n'a pu exprimer les contradictions de son cœur et de sa vie qu'en se peignant sous deux figures qui contrastent.

Pour l'abbé Prévost, la vie fut un roman et un voyage. Son histoire, racontée simplement, demanderait tout un volume; c'est là une étude digne de tenter un esprit poétique. Que d'épisodes charmans! que de contrastes pittoresques, soit que le héros, un beau matin d'avril, pendant que l'oiseau chante, s'échappe du couvent pour aller revêtir l'uniforme du mousquetaire, soit qu'il revienne, le cœur brisé par une folle passion, frapper aux portes du monastère, désormais son tombeau, le tombeau le plus triste, celui du cœur!

Tous les hommes poursuivent ici-bas une chimère : la fortune, la gloire, l'amour, la poésie, — sirènes qui n'ont pas vieilli depuis l'âge d'or et qui nous appellent toujours à tous les dangers du rivage. — L'abbé Prévost y a-t-il songé? Manon, sa chère Manon est la personnification de sa chimère; c'est l'image enchantée qui vient toujours passer sous ses yeux, soit qu'il chante au corps-de-garde, soit qu'il rêve ou qu'il prie dans sa cellule. Sa chimère est faite d'amour et de poésie; qu'on lui permette de la suivre, de l'aimer, de la perdre, de l'aimer encore, il n'en demande pas davantage. Que lui importent et la gloire et la fortune. Manon! Manon! voilà son rêve, voilà sa vie. Oui, Desgrieux, c'est lui, c'est lui qui poursuit cette image charmante; — comme l'image du bonheur, elle lui échappe dès qu'il la saisit.

Cette suite de l'histoire de Manon Lescaut a paru dans la *Revue de Paris*. On a jugé en général qu'il fallait plutôt attribuer ces trois dernières parties à Chanderlos de La Clos, l'auteur des *Liaisons dangereuses*. On y a cru reconnaître son style un peu déclamatoire. Quoi qu'il en soit, ces trois dernières parties renferment assez de pages qui ont l'accent du cœur, assez d'intérêt romanesque, assez de sentimens bien exprimés pour mériter l'honneur d'une édition durable. Ce qu'on ne saurait nier, c'est qu'on y retrouve la vraie Manon et le vrai Desgrieux, non pas sans doute dans toute la grace adorable des vingt ans, mais toujours illuminés par cette passion charmante et fatale, toujours emportés par les battemens du cœur. Qui sait? Peut-être Desgrieux a-t-il existé sous le nom du comte de P..., et ces trois dernières parties de son histoire sont-elles, comme le dit la préface, écrites par lui-même!

SUR MANON LESCAUT.

. . . .

Ce fut pourtant, si l'on parle un instant avec lui la langue vaguement complaisante de Louis XIV, ce fut, à tout prendre, un heureux et facile génie, d'un savoir étendu et lucide, d'une vaste mémoire, inépuisable en œuvres, également propre aux histoires sérieuses et aux amusantes, renommé pour les graces du style et la vivacité des peintures, et dont les productions, à peine écloses, faisaient, disait-on alors, *les délices des cœurs sensibles et des belles imaginations*. Ses romans, en effet, avaient un cours prodigieux; on les contrefaisait de toutes parts; quelquefois on les continuait sous son nom, ce qui est arrivé pour le *Cléveland;* les libraires demandaient *du l'abbé Prévost*, comme précédemment du Saint-Évremond; lui-même il ne les laissait guère en souffrance, et ses œuvres, y compris *le Pour et le Contre* et l'*Histoire générale des Voyages*, vont beaucoup au-delà de cent volumes. De tous ces estimables travaux, parmi lesquels on compte une bonne part de créations, que reste-t-il dont on se souvienne et qu'on relise? Si dans notre jeunesse nous nous sommes trouvés à portée de quelque ancienne bibliothèque de famille, nous avons pu lire *Cléveland*, *le Doyen de Killerine*, les *Mémoires d'un Homme de qualité*, que nous recommandaient nos oncles ou nos pères; mais, à part une occasion de ce genre, on les estime sur parole, on ne les lit pas. Que si par hasard on les ouvre, on ne va presque jamais jusqu'à la fin, pas plus que pour l'*Astrée* ou pour *Clélie;* la manière en est déjà trop loin de notre goût, et rebute par son développement, au lieu de prendre; il n'y a que *Manon Lescaut* qui réussisse toujours dans son accorte négligence et dont la fraîcheur sans fard soit immortelle. Ce petit chef-d'œuvre, échappé en un jour de bonheur à l'abbé Prévost, et sans plus de peine assurément que les innombrables épisodes, à demi réels, à demi inventés, dont il a semé ses écrits, soutient à jamais son nom au-dessus du flux des années, et le classe de pair, en lieu sûr, à côté de l'élite des écrivains et des inventeurs. Heureux ceux qui, comme lui, ont eu un jour, une semaine, un mois dans leur vie, où à la fois leur cœur s'est trouvé plus abondant, leur timbre plus pur, leur regard doué de plus de transparence et de clarté, leur génie plus familier et plus présent, où un fruit rapide leur est né et a mûri sous cette harmonieuse conjonction de tous les astres intérieurs; où, en un mot, par une œuvre de dimension quelconque, mais complète, ils se sont élevés d'un jet à l'idéal d'eux-mêmes! Bernardin de Saint-Pierre dans *Paul et Virginie*, Benjamin Constant par son *Adolphe*, ont eu cette bonne fortune, qu'on mérite toujours si on l'obtient, de s'offrir, sous une enveloppe de résumé admirable, au regard sommaire de l'avenir. On commence à croire que, sans cette tour solitaire de René, qui s'en détache et monte dans la nue, l'édifice entier de Châteaubriand se discernerait confusément à distance. L'abbé Prévost, sous cet aspect, n'a rien à envier à tous ces hommes. Avec infiniment moins d'ambition qu'aucun, il a son point sur lequel il est autant hors de ligne : Manon Lescaut subsiste à jamais, et, en dépit des révolutions du goût et des modes sans nombre qui en éclipsent le vrai règne, elle peut garder au fond sur son propre sort cette indifférence folâtre et languissante qu'on lui connaît. Quelques-uns, tout bas, la trouvent un peu faible peut-être et par trop simple de métaphysique et de nuances; mais, quand l'assaisonnement moderne se sera évaporé, quand l'enluminure fatigante aura pâli, cette fille incompréhensible se retrouvera la même, plus fraîche seulement par le contraste. L'écrivain qui nous l'a peinte restera apprécié dans le calme, comme étant arrivé à la profondeur la plus inouie de la passion par le simple naturel d'un récit, et pour avoir fait de sa plume, en cette circonstance, un emploi cher à certains cœurs dans tous les temps. Il est donc de ceux que l'oubli ne submergera pas, ou qu'il n'atteindra du moins que quand, le goût des choses saines étant épuisé, il n'y aura plus de regret à mourir.

SAINTE-BEUVE.

. . . .

Manon Lescaut est, en effet, un de ces chefs-d'œuvre remplis de passion, de douleur et d'amour, qui échappent à l'ame d'un homme de génie dans un de ces momens d'enthousiasme qu'il ne retrouve pas deux fois en sa vie. Livre merveilleux! admirable histoire! drame touchant qui se passe tout au bas de l'échelle sociale! Que de larmes dans ce récit si naturel, si vraisemblable et si rempli! Comme cette pauvre femme se sauve de l'opprobre à force de beauté et de jeunesse! Comme ce jeune homme évite la honte à force de dévouement et d'amour! Et puis, quand l'un et l'autre ils ont poussé à bout la destinée humaine, quand ils ont épuisé d'une lèvre avide la coupe enivrante de la volupté, la mort arrive qui sanctifie tout ce délire, non-seulement la mort, mais encore la pitié et le pardon.

Il n'y a pas dans toute la langue française un livre mieux fait que *Manon Lescaut*. Le récit commence vite et bien. Vous entrez tout d'un coup dans ces adorables mystères du cœur que les autres poëtes ne développent que lentement et après mille détours. La belle histoire quand toute cette jeunesse s'allie avec toute cette innocence! Et, tout d'un coup, voyez comme les deux charmans héros de ce livre se précipitent tête baissée dans ces tristes désordres, comme ils traversent toute cette fange sociale, sans rien perdre de leur grace, de leur beauté, de leur esprit, de leur jeunesse!

Et en même temps quelle histoire remplie de variétés et de mouvemens sur ce fonds unique de délire et d'amour! Les deux héros sont charmans, jeunes et amoureux à outrance; ils passent tour à tour, et du jour au lendemain, de la misère à la fortune, du boudoir éclatant et parfumé à la prison humide et sombre, de Paris à l'exil, de l'exil à la mort. Pauvre Manon! tantôt haut, tantôt bas, grande dame et grisette, aujourd'hui dans la soie, demain dans la bure, adorée du monde et plongée au couvent des filles repenties; rieuse, coquette, aimant les plaisirs presque autant qu'elle aime son amant, vagabonde et folâtre beauté, elle représente à merveille, dans son dévouement et dans ses caprices, la jeune fille parisienne, qui n'apporte, en venant au monde, pour toute fortune, qu'un grand fonds de beauté, de grace, d'insouciance, de scepticisme et d'amour!

Et ce pauvre Desgrieux, l'amant de cette belle fille, quel héros à part! Il est jeune, il est beau, il est brave, il est amoureux, il est innocent, il est timide; il n'a qu'à le vouloir et sa fortune est faite, et il sera un homme considéré, estimé de tous, respecté, cher à tous; — mais Desgrieux ne veut pas. L'amour qui remplit son ame le jette dans tous les transports. Adieu le monde, adieu la famille, adieu l'estime des hommes, adieu même à la vertu! La même passion les eût sauvés, ces deux enfans, dans un siècle réglé par le devoir. Elle les perd sans rémission dans un siècle en proie à tous les désordres, à tous les délires. Mais cependant quelle lutte touchante contre les entraves de la société! quel courage! quelle imagination profonde! Et quand le malheur arrive, quand il faut céder enfin à la société qui se venge, et qui se venge toujours tôt ou tard, n'en doutez pas, vous rappelez-vous par quelles angoisses se termine ce drame, et quelle expiation est donnée enfin à toute cette vie perdue par l'amour et pour l'amour?

Jules Janin.

SUITE DE L'HISTOIRE

DU

CHEVALIER DESGRIEUX

ET DE

MANON LESCAUT

LIVRE TROISIÈME.

A mon retour d'Amérique, mon frère me conduisit vers la tombe de mon père; mais, le dirai-je? sur cette tombe ce fut encore Manon, ma chère Manon que je pleurai.

En vain mon frère et Tiberge, qui connaissaient bien toutes les faiblesses de mon pauvre cœur, tentaient de m'arracher à mes souvenirs par de graves entretiens sur l'immortalité de l'ame. Ce monde où nous sommes n'est que le commencement d'un monde plus beau, disait Tiberge; notre cœur, là-haut, ne s'attachera plus aux biens périssables; nous aimerons dans le ciel, mais non plus ces sirènes qui nous entraînent vers tous les dangers de la mer. Si nous aimons dans le ciel, répondais-je tristement à Tiberge, croyez-vous donc que j'oublie Manon? La mort elle-même ne glacera point mon cœur, et je chercherai cette pauvre fille même parmi les anges.

Je vivais encore avec Manon; son cher fantôme me suivait partout, dans les salles désertes du château, dans les détours du parc. Mon frère et Tiberge me croyaient avec eux, j'étais avec Manon. C'était elle qui me parlait, et quand ma bouche distraite lui répondait, mon ame était toute à cette ombre adorée. J'attendais le soir avec anxiété, car, dès que la nuit répandait l'ombre autour de moi, mon imagination affaiblie croyait voir apparaître l'image tant attendue. Je tendais les bras, je sanglotais et je tombais agenouillé. La nuit, quand je cachais mes yeux tout rouges sur l'oreiller, j'espérais que le sommeil rouvrirait le passé à mon esprit. Les songes sont des comédiens qui nous jouent sans cesse nos passions dans nous-mêmes; mais ces fidèles rapporteurs des idées de la veille ne me rappelaient que mon supplice : j'assistais une fois de plus à l'agonie de Manon, je la couvrais pieusement d'un peu de sable et je m'éveillais pour pleurer encore. Pleurer! je n'avais plus de larmes depuis long-temps; mais ne pleure-t-on pas sans larmes?

Je ne saurais dire combien de fois les songes me représentèrent Manon ensevelie sous le sable du désert. Au fond de ma douleur j'avais pourtant quelque lueur d'espérance comme au fond de l'abîme on entrevoit le ciel. Ainsi il m'arriva de rêver que la morte soulevait le sable et que je revenais à temps pour voir se rouvrir ces beaux yeux qui ont été sa perte comme la mienne.

Mon frère ne me parlait pas du ciel, comme faisait Tiberge, pour me détacher de ce qu'il appelait ma folie. Allons, chevalier, me disait-il, c'est assez mourir avec les morts, vivons avec les vivans. Vous êtes jeune, il y a encore des femmes sous le soleil; ceux-là qui n'ont qu'une passion ne sont pas des hommes. J'étais indigné d'un tel langage. Oublier Manon dans les bras d'une autre! Je ne l'oublierai, disais-je, que dans les bras de la mort. Je veux mourir.

La mer m'attirait. Un matin, je pris la poste sans avertir d'abord mon frère, non plus que Tiberge. Où allais-je? J'allais tout droit au Hâvre-de-Grace. Je ne voulais plus m'embarquer; mais il me semblait que mes larmes seraient plus douces à répandre sur cette jetée d'où j'étais parti avec Manon, malheureux, mais vivant; car je ne vivais plus qu'à moitié; mon pauvre cœur avait à peine un battement çà et là. Ah! quelle heure terrible et pourtant douce en la revoyant cette mer calme comme la mort où j'étais, furieuse comme la passion qui m'emportait encore! La vague venait jusqu'à mes pieds. J'aurais voulu qu'elle m'engloutît et me portât jusqu'à ce désert où dormait Manon. Pourquoi n'étais-je pas mort avec elle? Je m'en voulais beaucoup d'avoir manqué de courage. Mon sommeil eût été si doux là-bas, dans le silence éternel du désert! Je lui aurais pris la main, j'aurais appuyé mon front sur son sein et je ne me serais éveillé que dans un monde meilleur. J'étais lâchement revenu dans mon pays. Y a-t-il un pays quand on n'aime plus?

Tout bouleversé par ma douleur, je quittai le rivage pour aller retenir ma place dans le premier vaisseau en partance pour le Nouvel-Orléans. Mais Tiberge? mais mon frère? Arrivé devant le capitaine, je compris que je ne devais point partir, je lui demandai quelques vagues renseignemens et je retournai sur la jetée pour pleurer encore.

Quand je reparus au château, un soir, pendant le souper,

Tiberge et mon frère pâlirent comme s'ils avaient vu entrer une ombre, tant j'étais accablé.

Quelques mois se passèrent sans apporter la paix à mon cœur. J'étais si profondément malheureux que je résolus d'en finir avec la vie. La vie, en effet, ne me gardait plus rien que je pusse envier. Je n'étais pas né ambitieux, je n'ai aimé l'argent que les jours où il en fallait à Manon. Depuis sa mort la fortune m'était une odieuse inutilité. Comment aurai-je le courage de traverser la vie sans horizon qui m'attire? Mieux vaut mourir une fois que de mourir mille fois. Voilà ce que je me disais un soir, tout pensif au bord de l'étang du parc. Je m'étais penché peu à peu comme si je dusse voir l'image de Manon dans le miroir flottant. C'est la mort, c'est Manon! m'écriai-je en me jetant avec une sombre volupté.

Quand je revins à moi, Tiberge, pâle et défait, se promenait devant mon lit. Que s'est-il passé? lui demandai-je sans m'inquiéter de la présence du médecin et des valets. Hélas! me répondit Tiberge, votre frère a voulu vous sauver, mais il est mort. Mort! dis-je avec effroi. Oui, reprit Tiberge. Ce brave garçon qui vous soulève la tête s'est jeté à l'eau trop tard; vous vous étiez si cruellement débattu contre votre sauveur que vous aviez épuisé ses forces. Il était d'ailleurs malade depuis la mort de votre père. Il vous l'a caché parce qu'il vous plaignait plus que lui-même. O mon Dieu! mon Dieu! m'écriai-je avec désespoir, c'était moi qu'il fallait frapper dans votre justice.

Tiberge me prit la main. Maintenant, me dit-il, vous vivrez pour aimer celui que vous avez tant de fois outragé. Dieu n'a pas voulu de votre mort; vous vivrez pour expier vos fautes.

Je n'écoutais pas Tiberge, je m'étais levé et je m'étais précipité vers la chambre de mon frère, repoussant le médecin qui me conjurait d'attendre que mes forces fussent revenues pour un pareil spectacle.

Oui, oui! m'écriai-je avec angoisse, je suis indigne de la miséricorde de Dieu! je vivrai pour souffrir; je me condamne à traîner cette vie de douleurs comme le galérien traîne son boulet.

Mon frère mort, je devenais le comte de P... Ce ne fut pas sans chagrin que je me séparai de ce nom si doux et si triste du chevalier Desgrieux. Quelle radieuse jeunesse avait couronné ce nom d'amoureux et, le dirai-je? d'aventurier! Mon premier devoir, après les funérailles de mon frère, fut de distribuer en son nom, aux pauvres du pays, un don de cinq mille écus. Consoler les autres, c'est déjà se consoler soi-même. Je passai quelques jours dans un morne accablement. Tiberge, tout à Dieu et à moi-même, cherchait à me prouver que j'avais en lui un ami et un frère à la fois. Il était si dévoué dans son amitié qu'il allait jusqu'à me bercer de mes propres chimères. Un soir, je le suppliai de me parler de Manon.

Parlez-moi de Manon, trompez ma raison même et faites-moi croire, s'il est possible, qu'un Dieu protecteur pourra faire un miracle pour me la rendre un jour. Tiberge flatta ma faiblesse; toute sa religion, toute sa théologie, vinrent à son secours pour me prouver que l'apparition de Manon ne lui semblait pas impossible : on ne guérit les faibles qu'avec leurs idées. Il me fit recommencer le récit de toutes les particularités de l'enterrement de Manon, pour essayer de trouver des possibilités à sa résurrection ; elle pouvait n'être qu'évanouie, me disait-il, quand vous la mîtes dans le sable. La déclaration que vous en fîtes tout de suite aura pu donner à Synnelet le temps de l'exhumer avant qu'elle fût morte. Ah ! l'interrompis-je, il l'aura donc profanée, morte ou vive, cet indigne rival ! C'est encore un tourment de plus pour un cœur aussi délicat que le mien ; j'aimerais presque autant m'arrêter à l'idée de sa mort, dans la résolution où je suis de ne pas tarder à la suivre.

Tiberge se promettait bien, quand j'aurais repris le dessus, d'employer une autre éloquence pour arracher ensuite cette belle fille de mon souvenir. Il ne m'en parlait donc plus que vaguement ; il imaginait tous les moyens possibles pour me distraire et me dissiper ; il me conseilla de quitter ces lieux remplis de deuil : il ne tarda pas à se repentir de m'avoir fait cette proposition ; car je ne l'eus pas plutôt entendue, que je l'acceptai ; mais, en formant tout de suite le projet de retourner en Amérique, je lui demandai s'il ne voudrait pas m'y accompagner. Vous m'avez représenté, lui dis-je, que Manon pourrait y vivre encore, et je me ferais toute la vie un reproche sanglant de n'avoir pas fait les dernières tentatives pour m'en assurer. Ce fut alors que Tiberge comprit qu'il était quelquefois dangereux de flatter trop nos faiblesses; on traite un affligé comme un enfant, on ne voit pas les suites de ce qu'on lui promet pour le consoler. Il lui fallut toute l'onction possible pour me faire renoncer à cette chère espérance. Vous retournerez, me dit-il, dans des lieux que vous ne pourrez envisager qu'avec horreur, quand vous y recevrez la confirmation d'un malheur dont vous n'avez déjà que trop de preuves. Je vous trompais moi-même quand je vous laissais entrevoir là-dessus quelque espoir ; vous m'avez démontré cette catastrophe, et depuis le fidèle récit que vous m'en avez fait, j'en ai lu moi-même la conviction sur le visage de votre rival. Synnelet, quand vous fûtes arrivé au Nouvel-Orléans, fut très long-temps malade; il a pensé mourir lui-même du chagrin de la mort de Manon; y a-t-il rien de plus fort pour vous convaincre? Nous nous arrêtâmes cependant à une idée qu'il me suggéra. On ne pense plus à vous, me dit-il, dans cette triste ville; je ferai écrire par un négociant de Paris qui a de sûrs correspondans dans ces pays; il y mettra tant de précaution, que les enquêtes qu'il y fera faire ne seront point suspectes; nous en attendrons les réponses, et dans l'intervalle je consens de tout mon cœur à aller faire avec vous le tour de l'Italie, si vous voulez entreprendre ce voyage.

Je souscrivis avec indifférence à tous ses conseils; il ordonna les apprêts de ce grand voyage, et nous partîmes pour Paris. Tiberge eut soin de ne me pas faire séjourner long-temps dans un lieu qui avait été le théâtre de mon amour et de mes folies, mais, sur toute la route que nous parcourûmes ensuite, il me fit arrêter un peu pour visiter les églises et les paysages.

Nous trouvâmes à Lyon un ancien camarade du séminaire de Saint-Sulpice, qui était venu prendre possession d'un canonicat à Saint-Jean; nous lui contâmes les malheurs de ma famille, et ce qui avait réuni sur ma tête un grand bien et un grand nom; il se chargea de nous présenter dans tous les cercles. On eut pour nous toutes les déférences qui auraient pu m'être sensibles dans une autre situation que la mienne.

Nous avions déjà passé trois mois dans cette ville, et nous

nous préparions à en partir, lorsqu'un jour nous promenant, Tiberge et moi, sur les remparts, nous nous vîmes assaillis par une bande d'archers qui se saisirent d'abord de mon épée, ensuite de ma personne; Tiberge ne portait point d'armes. Il ne fut pas difficile à la multitude de s'assurer de nous et de nous entraîner scandaleusement dans la prison des criminels, avant que nos gens, qui gardaient notre carrosse à l'autre bout du rempart, pussent savoir ce que nous étions devenus : on nous mit séparément dans des cachots, et Tiberge, qui prévoyait bien que nous étions pris pour d'autres, se livra à tout le zèle que son amitié pour moi lui faisait renouveler.

On se trompe, disait-il aux geôliers, nous ne sommes pas des coupables; mais, si vous avez quelque pitié, empêchez que le jeune homme qu'on arrête avec moi ne puisse se livrer au désespoir : il en a de puissantes raisons.

On ne manqua pas le lendemain de me faire subir un interrogatoire; on me demanda mon nom, mon pays; je dis que j'étais le comte de P... Vous êtes un imposteur, me dit le juge, vous vous appelez le chevalier Desgrieux. Nous savons de vos tours; mais enfin nous y mettrons bon ordre; celui-ci sera sans doute le dernier, car la punition qu'on t'en prépare t'ôtera le désir d'en faire d'autres. Je me sentis si suffoqué, que je n'eus pas la force de répondre : peut-être était-ce l'humiliation de m'entendre tutoyer par un petit marchand en robe? J'avouerai aussi que le souvenir d'avoir été le chevalier Desgrieux me rendit confus et m'ôta la voix. Ce fut bien pis quand mon petit homme, reprenant le ton aigre : Eh! qu'as-tu fait, me dit-il, qu'as-tu fait, malheureux, des diamans de la marquise de B...? On ne les a pas trouvés parmi tes trésors; elle n'y perdra rien; car ton magot est assez considérable pour les payer; mais qu'en as-tu fait, scélérat? dis-le-moi tout à l'heure?

L'imagination fait bien du chemin en une minute; je compris donc dans le même instant que ces prétendus diamans occasionnaient une méprise qu'il ne me serait pas difficile de faire éclaircir. Quant à ce qu'on pouvait reprocher au chevalier Desgrieux, j'avais tout à mettre sur le compte de la jeunesse; je n'avais que trop subi le châtiment de mes fautes; je ne m'en embarrassai donc guère, et, prenant d'abord le ton de douceur qui me convenait, j'avouai, en écoutant battre mon cœur, que j'avais été le chevalier Desgrieux. J'expliquai comment je m'appelais le comte de P.... Je dis qu'on ne devais pas être étonné de ce que, devant faire le tour de l'Italie, je m'étais muni de beaucoup d'argent; que cela aurait dû servir au contraire à me faire traiter avec plus d'égards, et à réprimer surtout des impertinences dont la suite ne sauverait pas le repentir. Le ton ferme et le regard fier dont j'accompagnai ma réponse aigrirent encore plus le personnage. Il s'éloigna en écumant de colère et en me disant qu'il me ferait bientôt pendre.

Il alla sans doute interroger Tiberge à son tour: on trouva dans nos deux réponses à peu près la même conformité. Tiberge fit la sienne avec plus de sang-froid; les préventions n'étaient pas contre lui, il se fit écouter; mais notre petit sénateur s'obstinait à nous trouver coupables. Il faut que je le dise à la honte de l'humanité, c'est un trophée pour ces petits messieurs les conseillers qu'un premier homme qu'ils condamnent à mort. Combien de fois n'en ai-je pas vu depuis venir d'un air important dans les foyers, une main au jabot et la tête enfoncée dans les épaules, y dire comme une merveille : *Je viens de faire pendre un homme!* Le Lyonnais aspirait apparemment à cette première prérogative, ce qui éloignait notre justification. Nous fûmes plusieurs jours sans voir personne et traités avec une extrême rigueur. Je supportais mon état en expiation de mes fautes réelles, heureux si je n'avais eu que cette occasion de me repentir d'avoir été le chevalier Desgrieux.

Un matin, mes geôliers vinrent me dire qu'on me donnerait à l'avenir plus de liberté, et que j'allais voir Tiberge, à qui on avait enfin permis de venir. Ce pauvre ami, qui entra le moment d'après dans ma chambre, n'était pas reconnaissable; il avait souffert de son côté; il n'était pas à beaucoup près d'une constitution aussi robuste que la mienne : il m'arracha autant de larmes de pitié que de tendresse : c'était moi qui l'avais mis en cet état; c'était son amitié pour moi qui lui avait fait subir un sort si cruel. Nous restâmes embrassés sans pouvoir nous exprimer notre douleur. Enfin, nos soupirs et nos sanglots un peu calmés, il m'apprit ce qu'il pouvait savoir de notre aventure, et que c'était encore à ses soins courageux que nous devions l'espèce de liberté dont nous allions profiter en attendant notre entier élargissement. Il me dit qu'après plusieurs tentatives pour gagner un de ses geôliers par des offres de récompense qui ne lui avaient pas réussi, il s'était avisé de lui prêcher la morale : chose inouïe et qu'on aura peine à croire d'une créature aussi basse. Où l'argent n'avait rien fait, l'esprit de religion devint plus puissant et vainqueur : il est vrai que sur ce chapitre Tiberge était bien éloquent; et j'ai sûrement un reproche à me faire, car, s'il ne s'était pas associé à mes malheurs, nous le verrions sans doute aujourd'hui exceller dans un genre où tant de gens échouent, et peut-être serai-je un jour comptable des ames que je l'aurai empèché de convertir. Quoi qu'il en soit, il en séduisit une pour l'amour de Dieu, il démontra à son gardien radouci qu'il faisait un grand crime, qu'il laissait périr deux malheureux, quand il ne tenait qu'à lui de leur procurer les moyens d'établir leur innocence. Celui-ci avait donc fourni à Tiberge les moyens d'écrire au comte de L..., notre ancien camarade, et Tiberge le fit si pathétiquement que ce dernier, qui se laissait aller, comme les autres, à la force de la prévention, et qui n'avait osé prendre notre défense, s'intéressa si chaudement dans la suite, qu'on commençait à ne nous plus regarder comme des coupables, et c'était ce qui nous avait mis un peu plus au large. Le comte de L... eut aussi la permission de nous venir voir : il nous apprit (car il est bien temps d'apprendre aussi au lecteur le sujet de notre détention), il nous apprit que, la veille de notre emprisonnement, on avait volé à la marquise de B... pour trente mille francs de diamans, et ce jour-là même nous lui avions été faire une visite : que les soupçons n'avaient pas d'abord tombé sur nous; mais que M. de Vigny, jeune étourdi, s'étant trouvé le soir même à souper chez le commandant de la ville avec la marquise, il y avait été beaucoup question de cette aventure, et que ce jeune homme y avait dit que le comte de P... lui paraissait un homme suspect, qu'il l'avait connu à Paris sous le nom de chevalier Desgrieux, qu'il l'avait vu en liaison avec des gens mal famés; qu'il l'avait vu tantôt superbe et tantôt sans habit; que l'air d'opulence soutenu d'un nom emprunté, l'association d'un abbé, le prétexte de voyager pour dissiper des chagrins, sans être adressé aux supérieurs d'une ville, que tout cela sentait terriblement son aventurier ; que le comte de P... ayant été chez la marquise, le jour même du vol, avec son prestolet, il ne faisait aucun doute que ces messieurs n'eussent enlevé l'écrin, et que, s'il était à la place de la marquise, il en ferait informer. Le comte de L... ajouta que la marquise avait suivi son conseil, qui s'était trouvé unanime dans l'assemblée; que le lendemain elle avait porté plainte et obtenu un décret pour nous faire arrêter; qu'on avait été le moment d'après faire la visite de tous nos effets, qui avaient été portés au greffe avec notre argent comptant qui se montait à quinze cents louis; que les domestiques de louage que nous avions pris, étant connus depuis long-temps dans Lyon pour d'honnêtes gens, on les avait congédiés sur notre argent, avec ordre de se représenter; que dans l'intervalle on avait écrit à M. le lieutenant de police de Paris; qu'on avait trouvé des notes très analogues à ce préjugé sur les registres de la police et que toute la ville était très convaincue que nous avions fait le larcin; qu'on nous regardait comme des gens bien déterminés, parce que nous ne nous coupions dans aucune de nos réponses; qu'en un mot, on augurait fort mal de nos affaires. Il ajouta que la quantité d'argent qu'on nous avait trouvée faisait croire que ce n'était pas notre coup d'essai; qu'enfin, quand il avait voulu s'intéresser pour nous sur la lettre de Tiberge, il avait trouvé tous les esprits révoltés et qu'il avait eu toutes les peines du monde à dissuader les juges.

Nous n'eûmes pas de peine à le confirmer dans les bons sentimens que la lettre de Tiberge lui avait fait prendre; je lui racontai une grande partie de mes aventures. Il nous quitta en nous promettant qu'il allait demander notre liberté sur sa caution.

Mais à peine fut-il parti qu'on vint nous annoncer le juge lui-même, qui venait de recevoir avis du prévôt de Roanne, qu'un homme qu'il avait fait exécuter la veille pour assassinat avait déposé, avant d'expirer sur la roue, que c'était lui qui avait commis le vol des diamans de la marquise de B.... et que c'était injustement qu'on retenait deux honnêtes gens dans les prisons de Lyon; qu'il ne les avait jamais vus ni connus. Le jeune conseiller nous tourna le dos après cette courte harangue, sans me donner le temps de lui répondre. Je voulais profiter de la liberté qui m'était rendue pour lui demander une justice plus ample; Tiberge me fit ressouvenir que les mauvais témoignages qu'avait donnés de moi le lieutenant de police de Paris nous éloigneraient de toute sorte de satisfaction; que le plus court parti, quoiqu'il fût bien dur, était d'aller redemander nos effets et notre argent, et de sortir d'une ville où nous venions d'éprouver innocemment une si cruelle disgrace.

Nous fîmes prier le comte de L... de nous envoyer un carrosse, et notre premier soin fut d'aller le remercier de ses bons offices et le prévenir de cesser ses démarches. Il ne voulut pas que nous retournassions dans la même auberge. Il nous offrit des lits chez lui; mais le lendemain nous essuyâmes une autre infortune. Le greffier dépositaire de nos fonds les avait écornés pendant notre captivité; apprenant notre élargissement subit et craignant de n'avoir pas le temps de remplacer tout de suite ce qu'il en avait détourné, il partit la nuit même avec le reste. Comme il avait dix-huit heures devant lui et qu'il n'y avait pas loin pour parvenir à l'étranger, nous ne jugeâmes pas à propos d'attendre qu'on fît courir après lui; il fallut consentir à cette perte, que des gens qui n'auraient rien eu sur leur compte auraient pu se faire payer par la justice même, qui doit se rendre caution de ceux qu'elle emploie; mais ma mauvaise conduite pendant mon séjour à Paris, et le peu de cas que je faisais d'ailleurs de l'argent, ne me permirent pas de faire des poursuites qui n'auraient servi qu'à réveiller des choses que j'aurais voulu me cacher ainsi qu'à toute la terre. Nous ne redemandâmes pas même ce qu'on nous avait trouvé sur nous en nous arrêtant. Le comte de L... nous ayant prêté de quoi payer nos postes jusqu'à Avignon et de quoi vivre jusqu'à ce que nous eussions tiré de nouveaux fonds, nous fîmes route le lendemain matin pour cette ville.

Cette dernière aventure semblait devoir ouvrir un beau champ à Tiberge pour moraliser. Il fut un temps où je détestais ses sermons, parce que je n'avais pas envie d'en suivre les préceptes; mais ce tendre ami, qui avait pénétré depuis jusque dans le fond de mon cœur et qui y avait reconnu l'espèce de révolution de sentimens, si j'ose ainsi parler, qui s'y était opérée, avait l'attention d'éloigner de ses discours tout ce qui pouvait m'y faire trouver de l'amertume; mais moi, je ne devais me rien pardonner : c'était moi qui redevenais le prédicateur, et lui qui mettait autant d'adresse à pallier mes fautes, pour me les faire trouver excusables, qu'il avait employé autrefois de subtilité pour m'en démontrer l'horreur et les suites dangereuses. Il se rappela cependant le tort que nous avions eu de partir de Paris sans nous munir de lettres de recommandation pour les commandans des villes capitales et pour les banquiers les plus accrédités.

Nous arrivâmes à Valence de fort bonne heure. Le premier jour, Tiberge affecta beaucoup de lassitude pour avoir un prétexte de repos; mais il passa toute la nuit à faire des dépêches.

Pendant son voyage de l'Amérique et depuis son retour, il n'avait guère pu cultiver ses parens ni ses amis; il fut obligé d'entrer dans des détails très longs sur le sujet de notre voyage, sur l'accident auquel nous avait déjà exposés notre imprudence, pour déterminer un ministre à qui il s'adressait et des gens de la première distinction à nous envoyer à Avignon des lettres. Il ne fut pas moins embarrassé pour réparer le tort qu'on avait fait à notre bourse; cependant (il ne s'était point couché) tout était prêt quand je me levai : il avait même eu le soin de faire les lettres qu'il fallait que je signasse pour les banquiers; car, quant aux amis, je n'en devais pas compter parmi mes anciennes connaissances, et je n'avais eu le temps ni le désir d'en faire depuis ma nouvelle fortune : nos lettres partirent de Valence pour Paris tandis que nous montions en chaise pour Avignon, où nous devions attendre les réponses. Nous ne pûmes y aller ce second jour; un petit désordre arrivé à notre voiture nous obligea même de séjourner vingt-quatre heures dans un petit endroit par-delà l'Isère dont j'ai oublié le nom. Tiberge voulait que nous mangeassions aux tables d'hôte partout où nous nous arrêtions; c'était toujours un objet de dissipation, et mon ami ne laissait rien passer de ce qui pouvait me distraire; mais Tiberge, avec de si bonnes intentions, me menait toujours comme par la main à ce qu'il eût voulu me faire éviter. On distinguera cette fatalité plusieurs fois dans la suite.

Deux marchands qui allaient à Beaucaire, un financier de Paris qui venait de faire une banqueroute considérable, à ce que nous sûmes dans la suite, et qui changeait de boîtes d'or à chaque prise de tabac qu'il prenait, un jeune officier provençal en plus mince équipage que les gens de ce pays n'ont coutume de retourner chez eux, et un prieur de bénédictins qui allait à Rome, voilà ce qui composait notre dîner. Le bénédictin, qui marchait à petites journées pour ne pas trop fatiguer sa grosse révérence, demanda des nouvelles à ceux qui étaient en poste; l'officier qui venait de Paris, qui avait suivi, à franc étrier, la chaise du financier depuis Dijon, et qui commençait à se familiariser avec son compagnon de route, s'offrit à raconter ce qu'il savait de nouveau : il débuta par une critique sur le ministère, déshonora beaucoup de femmes de la cour, fit l'énumération de toutes ses bonnes fortunes, rapporta mille tours d'escroquerie qui passaient, disait-il, pour des gentillesses dans cette grande ville de Paris; il s'appesantissait sur les portraits de tous ceux qui avaient causé son désastre à lui-même. Paris fourmille, continua-t-il, de ces jolis messieurs qui croient que le bien des sots est le patrimoine des gens d'esprit; mais le plus délié de tous est le sieur Turcuing, fameux traitant qui, la veille de mon départ, a emporté un petit capital de dix millions que d'honnêtes usuriers lui avaient confié pour leur faire valoir un peu plus que l'intérêt ordinaire. Cela est fort bien employé; j'aime, dans toutes les professions, les gens qui enchérissent; tromper les fins, c'est être digne de jouer : j'affectionne le personnage, et, Dieu me damne! mon camarade, ajouta-t-il au financier en lui versant une rasade, vous avez assez l'air d'être un millionnaire, je voudrais que ce fût vous qui eussiez fait le coup et que vous voulussiez me donner le quart de la pacotille; nous boirions de bon cœur à la santé des imbéciles qui paieraient nos futurs plaisirs.

Le narrateur ne croyait pas vraisemblablement si bien rencontrer, et si le financier eût été homme à se déconcerter, la moindre rougeur nous l'eût décelé sur l'heure; mais ces gens-là n'emportent pas des millions pour en rougir. Le financier prit la chose sur le même ton de plaisanterie. J'ai autant l'air, dit-il, d'un traitant qui fait banqueroute, que vous avez l'air d'un Provençal qui s'est laissé détrousser par des Parisiens: si la chose est vraie, pour votre honneur vous ne deviez pas le dire; on sait depuis long-temps que les gens de votre pays ne vont à Paris qu'avec des intentions et des dispositions contraires. Ah! j'aime qu'on me riposte, repartit l'officier, vous me mettez à mon aise, et, sur ce pied-là, vous me permettrez de faire tout haut le calcul que je faisais tout bas. Attendez. Si je ne me trompe, je suis parti de Paris le 17, mon traitant en était parti le 16; je me suis mis dans la brouette du courrier, nous avons couru le jour et la nuit jusqu'à Dijon, je puis bien avoir gagné sur vous vingt-quatre heures; j'ai quitté la brouette qui me rouait pour suivre votre chaise : allons, je n'en veux pas davantage, vous êtes mon homme, la chose est claire; quand partageons-nous? Les voyageurs se mirent à rire, la scène dura encore quelques instans; je la rapporte, quoiqu'elle me soit étrangère, parce que ce qui va suivre et qui va me regarder fait exactement le pendant de l'histoire du financier, duquel, d'ailleurs, j'aurai à parler dans la suite. Je n'avais, d'un autre côté, prêté mon attention au discoureur que parce que, depuis le commencement du dîner, je le fixais comme quelqu'un que j'avais vu ailleurs.

Le père prieur, continua-t-il, a demandé des nouvelles, donnons-lui celle de Lyon; le maître de poste nous a assuré, en nous faisant souper, qu'elle était toute fraîche, la voici :

« *Deux fameux coquins, contrefaisant les gens de qualité,*

s'étaient introduits à Lyon dans toutes les bonnes maisons. » Je fis un mouvement subit qui fit comprendre à Tiberge que j'allais éclater; mais Tiberge, qui m'avait déjà marché sur le pied quand il avait entendu parler de la nouvelle de Lyon, me dit à l'oreille qu'il fallait voir par ce récit quelle tournure notre affaire avait prise dans le public et qu'il me priait en grace de ne pas sourciller : il fallut donc souffrir patiemment que l'officier terminât son récit pour lever le masque.

Il poursuivit en ces termes : Ils y jouèrent fort bien pendant quelques mois le rôle de gros seigneurs : il faut de l'esprit pour être de bons fripons, ils en avaient; ils furent accueillis partout. Ils manquèrent pourtant de prudence dans la dernière occasion, car vous allez voir qu'ils se laissèrent prendre comme des nigauds; mais le vieux proverbe dit que le gibet ne perd jamais sa proie : ils volèrent pour dix mille écus de diamans à la marquise de B... en allant chez elle en visite, et eurent la bêtise de se promener le lendemain comme à leur ordinaire dans toute la ville. On a lâché des ordres pour les arrêter; on les a pris comme des moutons, ce qui n'est pas étonnant, car les fripons sont toujours des lâches. Vous croyez qu'ils ont été pendus? Cela serait bon s'il y avait de la justice dans ce monde; ils l'auraient mérité mille fois, car il y a long-temps qu'ils font le métier; on dit même que ce sont les capitaines d'une bande considérable de voleurs qui désolent tout le pays; on a envoyé leur signalement de Paris, où ils avaient déjà été repris de justice, fouettés, marqués, ce qui leur faisait faire leurs caravanes en province; mais est-ce qu'on pend les gens qui ont de l'argent? On leur a trouvé en or plus de cent mille écus; vous sentez bien, messieurs, que si les juges les avaient fait pendre, il fallait que les cent mille écus fussent confisqués au profit du roi. Oh ! voilà où commence le joli de l'histoire : messieurs les juges de Lyon savent compter comme le financier de Paris; ils ont pensé qu'ils divertiraient mieux cette somme que le roi, et pour se l'approprier ils se sont fait écrire par le prévôt de Roanne qu'un roué à l'article de la mort avait déchargé les accusés en se chargeant lui-même du vol. Vous voyez bien qu'il est aisé de mettre tout ce qu'on veut sur le compte d'un homme qui va mourir le quart d'heure d'après : on suppose qu'il a dit tout ce qu'on veut qu'il ait dit; il n'y a plus de preuves, de sorte que mes deux Cartouches, sur cette prétendue déposition d'un mourant, ont été déclarés innocens et mis en liberté. Mais en les regardant comme innocens, il fallait, selon l'ordre, leur rendre l'argent qu'on leur avait trouvé en les arrêtant. C'est ici où l'on voit le coup de maître: on a fait partir un petit commis du greffe et on a publié qu'il avait emporté la somme. Si les accusés avaient réellement été d'honnêtes gens, ils se seraient fait rendre leur argent, n'importe par qui, et auraient exigé des réparations authentiques et des dommages et intérêts; mais, comme ils étaient très coupables et que tout cet arrangement était concerté par les juges avec eux, ils n'ont pas demandé leur reste, et je crois qu'ils courent encore; de sorte que la marquise en est pour ses diamans, le roi se trouve privé de la confiscation, et le public exposé de nouveau à la merci de cette canaille dont on aurait dû purger la terre, si l'amour de l'argent ne se faisait sentir jusque dans les augustes tribunaux : il faudra à l'avenir que les honnêtes gens se fassent justice eux-mêmes. Pour moi, je crois que si je rencontrais de pareils scélérats, je les exterminerais.

C'est ainsi que l'officier termina son histoire. Le lecteur peut juger combien il nous fallut de force et de retenue pour attendre cette narration jusqu'à sa fin. J'avais été tenté mille fois de me lever et d'aller poignarder l'orateur; mais, faisant attention qu'il n'était que l'écho du public, et qu'il ne débitait que ce qu'il avait entendu dire à son hôte en passant, je conclus que ce n'était pas lui que j'en devais punir. Nous fûmes cependant effrayés, Tiberge et moi, des couleurs abominables que le public avait données à cette affaire. Il eût peut-être été prudent de garder tout-à-fait le silence dans cet endroit; mais le jeune homme, devant partir l'après-dîner même, pouvait aller raconter la même chose plus loin, et de pareils préjugés semés dans le public ne s'y détruisent pas aisément; c'est pourquoi, le dîner finissant et tout le monde se levant de table, nous eûmes le temps de tenir un petit comité entre Tiberge et moi, dont le résultat fut de détromper l'officier ainsi que toute la compagnie. Tiberge voulut prendre la parole, il le fit ainsi : Messieurs, la malignité d'un peuple grossier a envenimé l'affaire que M. l'officier vient de vous conter d'après un autre; elle est en elle-même toute simple et fort malheureuse. On ne peut pas savoir mauvais gré à monsieur, continua-t-il en montrant l'officier, de l'avoir rendue comme on la lui a donnée; mais nous devons l'en désabuser ainsi que vous et tout le public; c'est à quoi nous travaillerons incessamment. En attendant, apprenez, messieurs, que nous sommes les auteurs de la pièce; mon ami est vraiment le comte de P... Il allait continuer et avoir les meilleures choses à dire pour notre défense, lorsque l'officier, prenant le ton ricaneur, l'interrompit en disant aux autres : Vraiment, messieurs, nous avons dîné en bonne compagnie. Monsieur le financier, tenez-vous bien; pour moi, je ne ferai pas la fortune de ces honnêtes gens-là, car...

Je n'y pus plus tenir, je mis l'épée à la main et j'allais m'élancer sur lui comme un furieux pour la lui plonger dans le sein, quand Tiberge, faisant un mouvement pour m'arrêter, donna le temps à l'officier de se mettre en défense; j'écartai violemment Tiberge de la main gauche et je fondis sur mon ennemi avec toute la rage qu'il devait m'inspirer. Nous ne nous croisâmes pas long-temps; le premier coup que je lui portai l'étendit sur le carreau.

Rien n'égala le vacarme que cette scène produisit : nous n'entendions autour de nous que des cris furieux : Au meurtre! à l'assassin! au voleur. Les domestiques s'armaient déjà dans les cuisines; Tiberge me saisit par le bras et, profitant du moment de trouble qui régnait dans toute la maison, m'entraîna par une porte qui donnait sur le chemin, me dit qu'il était important que nous ne fussions pas arrêtés dans ce petit endroit, que nous étions sur les terres du pape, mais qu'il n'y avait que trois quarts de lieue à faire pour retourner sur les terres de France, qu'il fallait fuir à pied de toutes nos forces, en laissant là tous nos équipages. En effet, nous fîmes grande diligence; en moins d'une demi-heure nous repassâmes l'Isère et nous nous trouvâmes en sûreté.

J'étais trop agité pour deviner ce que Tiberge se proposait; je lui demandai ce qu'il comptait que nous allions devenir; il me proposa d'entrer dans un petit bois qui se trouvait sur notre gauche pour nous y délasser et prendre conseil. Nous nous y enfonçâmes et nous nous assîmes sur l'herbe.

O Providence! m'écriai-je, n'êtes-vous pas lasse de me poursuivre? les crimes que vous avez à me reprocher méritent-ils tant de rigueur, et Tiberge, qui est toute vertu, vous a-t-il offensée pour que les mêmes coups rejaillissent sur sa tête en tombant sur la mienne? Nous avons tous péché contre elle, me répondit mon ami : je remets à d'autres temps à vous apprendre les reproches qu'elle aurait à me faire; mais ce qui nous presse le plus, c'est de prendre un parti dans la circonstance présente. Le mien était toujours le désespoir. Ah! finissons, lui dis-je, cher ami, ou plutôt laissez-moi finir; je suis un malheureux que le sort accable et qu'il accablera toujours; cessez de vous associer à mes peines, retournez dans votre famille, allez éclairer l'univers. S'il était possible qu'une ame comme la vôtre sentît les plus légers remords, vous expieriez plus de fautes par le bien que vous pouvez procurer au reste du monde que par votre persévérance à secourir un seul homme que le ciel s'obstine à persécuter. Considérez mon état : privé cruellement de tout ce qui me rendait la vie supportable (car la privation de Manon me paraissait toujours ma plus grande misère); soupçonné d'être un voleur de grands chemins et menacé de ne pouvoir jamais effacer ces soupçons; coupable de la mort d'un homme, mort forcée, qu'on fera passer pour un meurtre; obligé de me sauver comme un assassin; proscrit, sans doute, et fugitif comme eux dans le fond des bois : non, Tiberge, je ne suis pas capable de résister à tant de chagrins à la fois! Disant ces mots je regardai mon épée.

Que faites-vous? me dit-il; vous irritez de nouveau cette Providence à qui, tout à l'heure, vous aviez recours de si bonne foi. Expliquez-moi donc, Tiberge, lui répondis-je, comment je peux irriter la Providence en lui rendant ma vie; l'avais-je demandée à Dieu? Il me l'a donnée sans me consulter, il m'a fait une ame comme il a voulu qu'elle agît; suis-je l'auteur de la passion qui s'est trouvée chez moi la plus forte, qui a dirigé par son pouvoir suprême toutes les actions de ma vie, et, si j'en ressens aujourd'hui les malheureuses suites sans pouvoir vaincre cette passion toujours triomphante, dites-moi donc comment je fais un crime en voulant en anéantir le principe?

Tiberge ne manqua pas d'argumens pour détruire mon sophisme.

Le soir même, ayant appris que l'officier n'était pas mortellement atteint, j'allai à lui. Il fut le premier à me demander pardon. On lui avait dit la vérité sur notre compte; il pensait d'ailleurs que celui qui savait si bien manier l'épée était un bon gentilhomme et non un obscur coquin. Deux hommes qui se sont noblement battus sont presque deux amis. L'officier, après m'avoir pressé la main, me raconta son histoire en peu de mots. Il avait joué à Paris; il avait perdu sa petite fortune au pharaon, à cet Hôtel de Transylvanie où, grace à mes longues manchettes, j'escamotais si lestement les cartes. Dévorant ma honte, je n'eus pas un mot à dire. Je ne quittai ce pauvre garçon qu'après m'être assuré de le retrouver et de pouvoir lui faire tenir, non-seulement ce qu'il avait perdu, mais encore les intérêts de la somme.

La justice de Lyon venait d'être soupçonnée, elle était innocente; celle du pape, qui n'avait point été suspecte, se rendit coupable envers moi; je ne pus jamais ravoir mes effets, chacun de ces petits juges s'en était approprié une partie: on me fit cent chicanes pour garder le tout. Je ne regrettai que ma voiture; nous nous traînâmes enfin, comme nous pûmes, à Avignon.

Nous allâmes d'abord rendre nos devoirs au vice-légat. Tiberge voulut que je me répandisse dans tous les cercles de cette ville, qui est remplie de la meilleure compagnie du monde. Tiberge ne prévoyait pas le triste plaisir qui devait me retenir à Avignon. On nous mena voir la fameuse fontaine de Vaucluse dont tant d'auteurs ont fait la description. Tout le monde sait qu'elle est célèbre par le tombeau de la belle Laure, par les amours et les poésies de Pétrarque. Je trouvai ce lieu si propre à entretenir mes amoureux soucis, que je n'en voulais plus sortir; j'y relisais sans cesse ce tendre poëme. Oh! Pétrarque, disais-je quelquefois, tu n'as pas tout dit! j'ai senti plusieurs fois dans mon ame des ivresses et des déchiremens dont je ne vois point la vive peinture dans tes tableaux; il te fallait mon cœur avec ton esprit, ou il aurait fallu, sans doute, que Manon eût été ta Laure!

Tiberge s'apercevant qu'au milieu des agrémens multipliés que nous offrait la ville d'Avignon, je redoublais de mélancolie, ne fut pas long-temps à en pénétrer le motif; il fit tous ses efforts pour m'arracher de ce lieu où je m'enivrais de tristesse; mais rien n'était capable de m'en faire partir. Tiberge, si vous avez de l'amitié pour moi, laissez-moi y terminer ma vie, je ne ferai plus rien contre elle; Dieu peut-il s'offenser que je me choisisse moi-même une sépulture! Eh quoi! lui disais-je, ces chers amans, Laure et Pétrarque, ont pensé, ont agi comme moi; ils ont tout sacrifié à une passion qui les a immortalisés; ils vivent encore et sont respectés dans la mémoire de tout le monde! leur Créateur seul pourrait-il les condamner? Vous blasphémez sans le savoir, me répondit Tiberge; la force de votre passion vous entraîne, et c'est d'abord un crime de ne vous laisser guider que par elle. Pouvez-vous pénétrer les décrets de cette sage Providence? savez-vous si ces ames molles ne sont pas punies chaque jour de la gloire même que leur accorde un monde voluptueux et profane? L'air pernicieux qu'exhale encore leur tombe, et que viennent ici respirer chaque jour ceux qui sont assez faibles pour suivre leur dangereux exemple, est chaque jour un nouveau crime pour eux, dont ils sont responsables. Et savez-vous si cette même Providence n'a pas permis les crimes de ceux-là pour la gloire de ceux qui savent résister aux charmes séduisans qu'ils promettent?

Que parlez-vous de crime? répondis-je à Tiberge; je vois bien que vous n'avez pas lu Pétrarque, vous auriez vu la pureté régner sans cesse et servir de modèle dans les ouvrages de ce poëte! Eh bien! reprit vivement Tiberge, ne comparez donc plus Laure à Manon. Si la première était innocente, l'autre a vécu coupable : elle est morte dans le crime. Ah! m'écriai-je, cruel ami, qu'oses-tu me rappeler? Mes genoux tremblans se dérobèrent, je tombai sur les marches du tombeau et je m'y évanouis.

Tiberge me proposa un matin une promenade hors la ville dans notre voiture ordinaire. Il avait fait baisser le rideau sur le devant, sous prétexte de nous garantir du soleil; il anima notre conversation pour détourner mon attention de ce qui allait se passer; il me peignait sans cesse les regrets que lui causait l'état où il m'avait mis, et, dans le moment où il m'exprimait tout son repentir, le carrosse s'était arrêté et on y avait attelé six chevaux de poste sans que je m'en fusse aperçu; nous étions peut-être à une demi-lieue de la ville, je commençai à remarquer tout d'un coup le redoublement de notre marche. Apparemment, dit Tiberge, que le cocher appréhende quelque orage, puisqu'il nous fait regagner la ville si vite. Je continuai à lui parler sans m'inquiéter davantage; cependant, arrivés à la première poste, il ne put m'empêcher de voir qu'on changeait de chevaux.

Il se jeta à mes genoux dans le carrosse même, en me demandant pardon de la supercherie qu'il venait de me faire. Je n'avais pas deux partis à prendre. Mon ami, me dit-il, il fallait que je vous enlevasse de cette ville perfide, ou que je vous y visse mourir.

Quelque étonné que je fusse de son entreprise et quelque regret que je donnasse à la perte d'un séjour qui avait paru si doux aux tristesses de mon ame, je sentis une petite satisfaction de voir Tiberge réduit à ma façon de penser. Est-ce l'amour-propre qui s'avise d'être, par intervalle, plus fort chez nous que les grandes passions? Quoi! ce philosophe si hérissé, me disais-je, cède donc à la puissance de mes argumens! Je me plus à le fortifier dans ces idées; et nous en raisonnions pendant que la voiture faisait la plus grande diligence : nous nous vîmes aux portes d'Aix sans que j'eusse pu lui faire le moindre reproche sur mon enlèvement.

Dès le lendemain, nous prîmes le chemin de Marseille. M'allez-vous dire pourquoi ce départ d'Aix si précipité? dis-je à Tiberge aussitôt que notre voiture fut en marche. Oui, dit-il, mon cher. On est encore agité dans cette ville par des révolutions amoureuses; un fameux procès entre la demoiselle C... et le père G.... met le peuple et la ville dans une fermentation singulière : j'ai jugé que cette rumeur scandaleuse ne nous convenait ni à l'un ni à l'autre; il aurait fallu prendre un parti pour être admis dans les sociétés; vous auriez sûrement penché pour l'un, tandis que j'aurais été obligé par mon état de pencher pour l'autre. Je ne veux rien souffrir qui nous divise, et je crois que vous m'applaudirez d'avoir fui l'occasion de nous désunir.

Eh bien! Tiberge, vous voyez donc bien que rien n'est à l'abri du pouvoir de l'amour dans le monde, dans les cloîtres! Un ministre de la religion, et, ce qu'il y a de plus extraordinaire, un jésuite! tout se laisse séduire par le dieu malin des flammes; une étincelle partie de ses foyers suffit pour allumer un grand incendie, dont toutes les eaux salutaires de la grace n'ont pu arrêter le ravage, et vous voulez que mon cœur, nourri de ses feux, les éteigne avec un peu de cendres! Non, cher ami, je les aime trop, ces beaux feux, pour ne leur pas laisser consumer mon ame; je ne sais quel pressentiment m'agite, mais je sens mon cœur s'embraser plus que jamais : c'est son destin de toujours chercher et désirer ce qui lui manque, quoiqu'il soit sûr de ne l'avoir jamais. Que voulez-vous? je me soumets aux arrêts de l'Éternel, puisque, sans doute, il veut que cela soit ainsi.

L'avez-vous bien consulté? me répondit Tiberge, puisque vous m'autorisez vous-même à ces réflexions, ou plutôt n'auriez-vous pas trop négligé de l'implorer? Le Dieu juste, mon cher comte, doit-il faire avec nous toutes les avances ; et ne devons-nous pas de nous-mêmes lui demander ses graces? Confessez-moi de bonne foi si vous avez eu bien sincèrement recours à lui. Je vous ai vu à la vérité des sentimens plus chrétiens en général que dans le temps où vous vous laissiez emporter par les tourbillons de votre jeunesse; mais sondez vous-même votre intérieur, et dites-moi ce que vous avez fait pour en obtenir ce changement de situation si nécessaire à votre repos. Je connais la bonté de votre caractère, il ne fallait pas l'effaroucher dans vos plus grandes douleurs, mais j'étais bien sûr qu'il vous ferait un jour envisager vos devoirs, et je suis charmé que vous soyez le premier à me parler de votre soumission aux ordres suprêmes : c'est la disposition où je vous voulais pour vous parler à mon tour des actes que ce grand maître exige, et qu'on n'exerce point avec contrainte quand on sent tout le prix de son amour.

J'avouai ingénument à Tiberge que, si je lui rendais un compte fidèle de ce qui se passait en moi-même, il y trouverait plus les sentimens indirects de la plainte et du murmure que les dispositions à la prière. Je confessai toujours que je me repentais de me trouver si ingrat envers la Divinité. Je rejetais tout sur la force des sentimens supérieurs qui m'ôtaient toute liberté.

Vous m'allez dire, m'ajouta Tiberge, que je suis encore emmaillotté dans les langes du préjugé; mais je me souviens qu'un de nos régens m'a dit dans ma grande jeunesse que, la première fois de sa vie qu'on entrait dans une église, si on demandait une grace à Dieu, et qu'on la lui demandât avec cette onction attendrissante qui sait si bien le toucher, ce Dieu de paix était toujours disposé à nous l'accorder. Permettez-moi de faire arrêter la voiture devant la première demeure de ce suprême bienfaiteur qui se trouvera sur notre passage quand nous serons entrés dans Marseille; et promettez-moi que vous lui demanderez sincèrement la grace de chasser l'infortunée Manon de votre souvenir; car, enfin, si vous pouviez l'oublier, cette tendresse inutile que vous conservez pour elle et qui vous consume s'anéantirait par degrés, et vous jouiriez d'un calme suffisant pour sentir qui vous l'a procuré, et pour remercier l'auteur d'une tranquillité si désirable : je ferai les mêmes vœux de mon côté.

Je consentis de bon cœur à ce que me proposait Tiberge, et je trouvai moi-même une joie intérieure à me livrer à ce conseil. Nous prévînmes les postillons du dernier relais, et ce fut moi le premier qui, après avoir traversé quelques rues de la ville, criai d'arrêter là où je voyais plusieurs carrosses assemblés, devant une petite église.

Je sautai plutôt que je ne descendis de la voiture. Mes entrailles, dis-je à Tiberge, commencent à s'agiter ; ce Dieu que je vais implorer commence-t-il à me répondre ? Je l'embrassai devant tout le monde avant d'entrer ; il remarqua sur mon visage une joie qu'il n'y avait pas vu régner depuis longtemps ; il se félicitait déjà de toute son ame de m'avoir si bien pénétré : nous entrâmes ; l'église était presque inabordable ; nous nous prosternâmes, et je fis la prière la plus ardente du plus profond de mon cœur.

Après nous être relevés, nous demandâmes dans quelle église nous étions ? quelle fête on y allait célébrer ? pourquoi, en un mot, nous y apercevions tant de monde pour un jour ordinaire ? Un suisse vint à nous, nous reconnaissant pour des étrangers ; et, au lieu de nous répondre, il nous offrit de nous conduire au premier rang pour voir la cérémonie. Nous le suivîmes avec une vague curiosité. Quand nous fûmes arrivés à la grille du chœur, nous reconnûmes que nous étions dans un couvent de filles. Le suisse nous dit alors que nous allions assister au spectacle d'une religieuse qui devait prononcer ses vœux.

C'était comme un jour de fête dans toute l'église. Les religieuses elles-mêmes semblaient réveillées à la vie par cette solennité. Les plus courbées par la prière, les plus près du ciel par l'extase levaient la tête tout enivrées par le bruit et par le mouvement, par l'éclat des cierges et par le chant de l'orgue, car on sait que le plus souvent ces pauvres filles, qui ne vivent qu'en compagnie de la mort, n'ont pas même les pompes du catholicisme pour soutenir leur ferveur. Elles prient Dieu dans l'ombre et le silence du tombeau.

Cependant la religieuse qui allait mourir pour revivre en Dieu s'avançait lentement à l'autel, conduite par ses sœurs. Voyez, me dit Tiberge, ce sont les joies du ciel qui passent devant vous. A cet instant, la religieuse soulève son voile pour prononcer publiquement les expressions de son sacrifice. Mon Dieu ! m'écriai-je en me précipitant contre la grille avec la douleur d'un lion qui se voit enfermé, c'est Manon. Arrêtez !... N'écoutez pas son serment... Manon, Manon ! ne m'entends-tu pas ?

La jeune religieuse, pâle comme la mort, quoiqu'elle fût toute au ciel déjà par la pensée, sembla se rappeler un songe et tourna ses beaux yeux vers moi.

Manon, car c'était elle, avait reconnu ma voix; dès qu'elle reconnut ma figure, elle s'évanouit.

Le scandale que je venais de donner à l'assemblée attira sur moi tous les regards; on fit plus, car le suisse, qui nous avait amenés si officieusement, vint me dire avec brutalité de sortir de l'église : tout le monde quitta sa place pour m'entourer; je ne pouvais plus proférer une seule parole; mais je me saisis des barreaux de la grille; je regardais Manon sans vouloir écouter personne. Je voyais cette tendre fille, je ne pouvais douter que ce ne fût elle-même; je la retrouvais tout à la fois morte et vivante; j'ouvrais la bouche pour l'appeler, et, semblable à celui qui se réveille à demi, qui se croit poursuivi par son ennemi le plus cruel et qui ne peut appeler du secours, je faisais de vains efforts pour faire éclater mon cœur. Je vis emporter Manon, qu'on ne pouvait faire revenir à elle. Une religieuse vint avertir que la cérémonie serait remise à un autre jour. Je fus contraint de sortir avec un convoi de curieux que Tiberge avait bien de la peine à comprimer. Enfin il m'entraîna à notre carrosse.

Vous l'avez vue, dis-je à Tiberge quand je pus lui parler, me blâmerez-vous encore d'adorer tant de charmes? Mais... où suis-je? que vais-je devenir...? Et c'est Manon...! Dieu me la rend. Pourquoi allait-elle se sacrifier...? Qui l'a conduite là...? Comment pourrai-je la voir...? Où me menez-vous? Pourquoi m'arrachez-vous d'un lieu qui renferme tout ce que j'aime?

Je lui fis tant de questions de ce genre à la fois qu'il lui eût été bien difficile de me répondre. Je le regardai et le trouvai enseveli dans une profonde méditation sur tout ce qu'il venait de voir et d'entendre. Il ne savait ce que tout cela voulait dire; il crut que mon cerveau venait de se déranger et que je perdais la raison. C'était encore l'excès de son zèle qui m'avait fait faire cette prétendue extravagance; mais pouvait-il se reprocher ce qu'il avait employé peu d'heures auparavant dans la vue de me guérir? Il était confondu, il ne me répondit pas un seul mot jusqu'à l'auberge où nos postillons nous descendirent.

On nous fit entrer dans une salle au rez-de-chaussée, tandis que nos valets montaient nos équipages à l'appartement qu'on nous destinait. Tiberge, gardant toujours son même silence, se jeta dans un fauteuil en couvrant son front de sa main droite. J'allai lui sauter au cou avec transport : Félicitezmoi donc, cher ami, lui dis-je, d'avoir retrouvé ce que j'adore. C'est encore à vos sages conseils que je dois ce dernier bienfait; oui, c'est ce Dieu que vous m'avez dit d'implorer qui me la rend. O Seigneur! ce moment de plaisir me pénètre de toute votre puissance! Vous pouvez créer des millions d'ames; mais vous ne pouviez vous montrer plus grand à mes yeux qu'en opérant un miracle si doux à mon cœur. Je continuai : Mais pourquoi donc, Tiberge, ne partagez-vous point ma joie? Pourquoi ce silence obstiné sur un ami dont vous faites le bonheur? Car enfin Manon m'est rendue, je ne sais quelles raisons l'obligent à prendre le parti du cloître; mais elles ne peuvent que me la représenter fidèle! Elle ne l'a point achevé ce sacrifice fatal qui achevait mon malheur! Elle m'a vu, elle m'a reconnu, puisqu'elle s'est évanouie...

Je quittai Tiberge avec précipitation pour courir hors de la chambre; j'appelai celui de mes gens que je connaissais le plus alerte. Va-t'en, lui dis-je, cours au couvent; demande comment se porte la novice! Voilà ma bourse, elle est à toi si tu reviens au plus vite.

Je rentrai. Tiberge, qui ne s'était point levé de son fauteuil, et qui m'avait vu le quitter comme un écervelé au milieu d'un discours assez suivi, sans deviner ce que j'allais faire, et qui me vit rentrer quelques momens après avec l'air d'inquiétude que cette réflexion sur la santé de Manon venait de me donner, ne douta plus que ce passage de l'extrême joie à cet air pensif ne provînt de mes différens accès de folie; il me regardait avec des yeux où l'étonnement, la douleur, l'incertitude, l'effroi et le repentir se peignaient tour à tour et tout ensemble. Il avait le dos tourné à la porte; le domestique rentra tout essoufflé, pouvant à peine proférer, d'une voix basse : *Fort bien*, en accompagnant ces deux mots d'un signe de tête; tout cela se fit sentir à mon cœur sans que Tiberge pût le voir ni l'entendre; je sautai tout d'un coup de dessus ma chaise, et, plein de l'allégresse que me causait cette chère nouvelle, j'allai encore une fois embrasser Tiberge, qui, pour le coup, croyait qu'il faudrait bientôt me faire attacher. Mais qu'as-tu? lui dis-je, es-tu devenu fou? Tu me regardes d'un air égaré et interdit : tu m'aimes, j'ai retrouvé Manon, et tu ne me dis rien ! Oui, me répondit-il enfin, oui, mon cher comte, j'ai perdu l'esprit, ou vous ne jouissez pas de tout le vôtre; car je ne comprends rien à tout ce que j'ai vu depuis une demi-heure, et j'attendais que vous fussiez revenu de tout votre désordre pour vous répondre. Eh bien! vous avez vu une fille qui ressemble à Manon, et, vous figurant tout à coup que c'est elle, vous vous livrez d'abord à l'imprudence, ensuite à la joie; l'inquiétude lui succède, et la joie reprend le dessus à son tour : voilà pourtant le rôle que vous jouez depuis notre arrivée, et vous voulez que je sois de moitié dans vos égaremens ! Reconnaissez votre erreur. Reconnais toi-même la tienne, lui répondis-je; c'est Manon, c'est elle-même; mon cœur ni le sien n'ont pu se méprendre. Ne s'est-elle pas évanouie? Une fille indifférente et qui ne m'aurait pas reconnu n'eût pris d'intérêt qu'au vœu qu'elle avait à prononcer. C'est elle, je te le jure : il ne s'agit plus de m'opposer tes doutes; il faut employer le temps qui nous reste : j'ai déjà su qu'elle était hors de danger, je saurai bientôt par elle-même quelle main l'a tirée du tombeau. Mais, mon ami, que faut-il faire pour la revoir? lui écrirai-je? irai-je la voir? Si les religieuses ne veulent pas me la laisser approcher, emploierai-je la force, la protection ou l'adresse? Nous sommes ici bien recommandés, je vais porter mes lettres à l'évêque, je lui dirai d'interposer son autorité pour tout suspendre. Je reverrai Manon! elle m'aimera! je passerai le reste de mes jours avec elle; je mettrai ma fortune à ses pieds; elle est toujours belle; elle vient de donner la plus grande marque de sagesse. Ah! tu n'es pas fait pour concevoir toute ma joie...

Tiberge se rappelait tout ce qui s'était passé, il ne voyait rien dans mon discours qui sentît le dérangement, si ce n'est la réalité de Manon qu'il croyait impossible. Comment avez-vous su, me dit-il, qu'elle se porte mieux? Je fis rentrer le domestique qui, s'étant un peu reposé de sa course, nous rapporta avec plus de sang-froid que la novice qui s'était trouvée mal se portait beaucoup mieux; qu'il avait demandé à une tourière son nom et qu'elle s'appelait Mlle Lescaut; qu'il n'avait pas fait d'autres questions, parce que je lui avais dit de faire la plus grande diligence.

Eh bien! dis-je à Tiberge, en croiras-tu ce garçon plus que mon cœur et mes yeux?

Mon ami m'a avoué depuis que rien n'avait égalé l'embarras où il s'était trouvé alors. En effet, qu'on se représente un homme raisonnable qui ne croit point aux revenans, et à qui on dit qu'on a vu vivante la même personne qu'on lui avait dit avoir enterrée soi-même. Qu'on se représente un bon ecclésiastique pénétré de tous les mystères du christianisme qui, après avoir fait tous les efforts possibles pour chasser du cœur de son ami une passion qu'il a crue contraire à son salut, va se trouver dans l'obligation peut-être de la servir lui-même, si la rencontre ne tient point du prestige; qu'on se représente le modèle des vrais amis, qui a abandonné sa famille, son pays, son état, qui s'est associé aux malheurs d'un homme pour lui conserver son honneur et contribuer à sa tranquillité, et qui va peut-être être réduit à lui laisser faire, pour dernière ressource, ce que les gens du monde appellent un mariage de fou, s'il ne veut pas le laisser vivre dans le crime; plus on voudra songer à tout cela de sang-froid, plus on trouvera que la situation de Tiberge était terrible.

Je fis toutes les tentatives imaginables pour voir ma chère maîtresse, on me ferma tous les parloirs. Qu'on juge de ma douleur quand j'appris que c'était Manon elle-même qui refusait de se présenter à ma vue! que pouvais-je penser de cette étrange résolution? Pouvais-je me croire indigne de ses regards? On a dû voir, par tout ce que j'ai rapporté, que je méritais plus que jamais sa tendresse : a-t-elle pu douter que je n'aie arrosé son tombeau de mes pleurs? que dis-je? Manon a pensé que je lui devais plus que des pleurs, sans doute; mais, si je m'étais déchiré le cœur pour la suivre dans la nuit éternelle, elle a dû réfléchir depuis qu'étant rappelée à la lumière, elle m'en aurait vu privé pour toujours, et elle a dû me justifier. Manon se repentirait-elle de m'avoir aimé? Aurait-elle horreur de sa vie passée? En serait-elle touchée au point de me sacrifier à son salut? Mais j'aurais donc été moi-même l'artisan de mon malheur en la rappelant aux sentimens chrétiens que je lui inspirais dans notre dernier asile; et ce serait là comme le ciel récompenserait des intentions si pures, lui qui s'est appliqué à punir si sévèrement mes fautes! Non, grand Dieu! je ferais tort à ta justice si je persistais dans cette idée. La prière et les mortifications peuvent bien réparer ses fautes, mais notre union approuvée les efface; elle peut reprendre aujourd'hui toute sa vertu. Dieu peut-il se refuser à des inspirations si justes? Non, Manon a sûrement d'autres motifs. Cependant elle a vécu parmi les morts, du moins a-t-elle été mise comme eux sous la terre! Elle a peut-être retrouvé la vie, quand elle était encore couverte du sable que j'avais mis sur elle! A combien de réflexions cruelles n'a-t-elle pas dû se livrer en cet état? A quels vœux n'a-t-elle pas dû s'engager pour sortir de l'affreuse situation où elle se trouvait? Le ciel l'a secourue; elle remplit ses engagemens: son zèle l'emporte sur son amour; mais mon amour l'emporte sur le sien. Ah! Manon, tu ne m'aimes pas comme je t'aime. Je ne te retrouve donc que pour être assuré de ta perte... Je te saurai vivante, et tu ne vivras pas pour moi... Le temps affaiblira ta ferveur et peut-être l'éteindra entièrement; tu connaîtras la force de mon amour; tu te seras donné des chaînes d'un poids insupportable; tu gémiras malheureuse; tu souffriras de mon malheur même; tu maudiras mille fois par jour l'instant fatal où tu te seras sacrifiée. Dieu! sont-ce là les cœurs qui sont faits pour toi? Que ne réserves-tu ta vocation pour ceux qui peuvent te sanctifier sans remords? Manon a fait ses crimes dans le monde, laisse-lui expier les crimes du monde dans le monde même, et ne permets pas que, livrée un jour au repentir, elle t'offense plus par ses murmures qu'elle ne l'a pu faire par les penchans que tu lui avais donnés.

C'est ainsi que j'extravaguais en cherchant à approfondir les raisons qui forçaient Manon à me refuser sa présence. Je lui écrivis les lettres les plus tendres et les plus désespérées; elle ne voulait pas seulement les recevoir, on me les rendait cachetées. Si le lecteur s'est intéressé à mon amour, s'il s'est mis quelquefois à ma place, il se peindra mieux l'effroi de ma situation que je ne pourrais le lui rendre. J'essayai tout, je mis tout en usage; j'intéressai enfin, par le récit de mes aventures, l'évêque même de Marseille, prélat respectable par sa piété sans exemple; il eut la bonté de donner ses ordres pour faire suspendre les vœux de la demoiselle Lescaut, et il poussa pour moi la complaisance jusqu'à me promettre de la voir et de lui parler de moi.

J'avais bien senti que ce n'était pas à Tiberge à agir dans cette conjoncture, et je n'avais pas voulu là-dessus mettre sa délicatesse à l'épreuve; était-ce à lui, était-ce à sa piété à faire des efforts pour détourner une fille d'une action sainte, quelque légitime qu'en eût pu devenir le motif? Cependant, quand je vis que l'évêque m'avait donné sa parole d'aller voir Manon le lendemain, je me crus autorisé à supplier mon ami d'y aller le jour même, tant j'avais peur de perdre l'instant de lui faire parler de moi; je l'en priai avec cette chaleur qui pouvait tout sur le cœur de ce véritable ami. Il alla se présenter à la porte : il osa même s'annoncer de la part de l'évêque. On dit à Manon qu'un ecclésiastique, envoyé de la part de monseigneur, avait deux mots à lui dire; elle vint au parloir.

Tiberge m'a avoué depuis qu'à son aspect il s'était vivement troublé; cependant il s'était remis après avoir tourné avec son adresse ordinaire ce qu'il avait à lui dire. Il me rapporta qu'en prononçant mon nom, Manon était devenue furieuse; qu'elle m'avait traité d'ingrat, de parjure, d'infidèle, et qu'elle l'avait quitté avec toutes les marques de l'indignation et de la colère.

On croit que je m'attristai de cette réponse; au contraire, un autre passé et un autre avenir se peignirent à mes esprits, je poussai un grand soupir comme quelqu'un qui est prêt à succomber sous l'effort d'un grand fardeau et qui en est tout d'un coup dégagé. En effet, j'entrevis que Manon était trompée, puisque je n'étais sûrement ni parjure, ni ingrat, ni infidèle. J'entrevis qu'il m'allait être fort aisé de la désabuser; je sentis que le sacrifice qu'elle avait déjà fait était moins l'effet de la grace que l'ouvrage du dépit; que, par grandeur de sentimens, elle aimait mieux faire son tombeau d'un cloître que d'imiter par vengeance dans le monde l'inconstance dont elle me croyait coupable. Je me flattai que, son erreur seule s'opposant à mon bonheur, il me serait aussi facile d'être heureux qu'il me l'était de la désabuser; que je la posséderais enfin quand elle me croirait innocent. Je passai toute la nuit dans ces espérances menteuses.

Le lendemain, l'évêque me fit dire qu'il avait été au couvent et qu'il n'y avait plus trouvé personne. Manon, craignant les puissances qui s'étaient déjà mêlées de son affaire, et ayant appris par Tiberge qu'il n'était que l'avant-coureur de l'évêque qui devait l'aller voir, craignit d'être la victime de l'autorité, et, voulant sérieusement exécuter son projet, elle jugea que la ville de Marseille ne lui laisserait jamais la facilité de le remplir. Elle prit sur-le-champ toutes ses mesures, elle fit avertir les personnes qui lui prêtaient leur secours de venir la chercher le jour même que Tiberge lui avait fait sa visite, et la nuit elle sortit non-seulement du couvent, mais encore de la ville.

Je demeurai interdit à cette foudroyante nouvelle; tout ce que l'esprit pourrait me suggérer, à présent que je la rapporte d'une ame plus tranquille, n'approcherait pas de ce que je sentis d'horrible et d'accablant; on dira que je ne connaissais que le désespoir, mais aussi on conviendra qu'on a vu peu d'hommes en avoir tant de sujet. Je fis donc, comme à mon ordinaire, tout ce que je pus pour m'y livrer.

Monseigneur l'évêque, à qui j'allai porter mes plaintes et mes regrets, ajouta à toutes ses graces celle de retourner avec moi au couvent pour apprendre de l'abbesse même ce que pouvait être devenue Mlle Lescaut. Elle nous dit que le sieur Marsaing, capitaine de navire, la lui avait amenée comme sa nièce, qu'elle avait pris l'habit du monastère, que l'année de son noviciat s'était passée de façon à faire désirer à toute la communauté de l'acquérir, qu'on n'avait démêlé en elle qu'un fonds de mélancolie qui pouvait s'attribuer au tempérament; mais que le jour des vœux la scène que j'avais donnée au public et l'évanouissement de Manon lui avaient fait soupçonner qu'il y avait dans tout cela une intrigue, et qu'elle était fort aise que le capitaine qui la lui avait donnée fût venu la reprendre; qu'elle n'avait fait aucune difficulté de la rendre le soir précédent, et qu'elle ne s'était pas même informée de ce que cette fille pourrait devenir. C'était toujours beaucoup de savoir le nom de son ravisseur (car j'appelais ainsi celui qui me privait de ma chère maîtresse); j'allai du même pas à l'amirauté m'informer de l'heure du départ et de la route qu'avait pu prendre Marsaing. On me dit que c'était un de ces capitaines ordinaires qui naviguaient alternativement sur toutes les mers, suivant les commissions qu'ils en avaient des différens armateurs qui l'employaient; qu'il avait fait plusieurs voyages en Guinée, à l'Amérique, dans l'Archipel, et qu'à présent son expédition était pour Livourne, qu'il avait mis à la voile à la pointe du jour, et que, comme le vent était favorable, il devait être déjà loin. Je demandai si on ne pouvait pas me dire dans quel temps à peu près il avait été à l'Amérique. On consulta les registres, sur lesquels on trouva qu'il était revenu depuis treize mois environ du Nouvel-Orléans : tout cela parut bien se rapporter, et quand je me fus encore assuré chez ses armateurs qu'il devait s'arrêter huit ou dix jours à Gênes avant d'aller jusqu'à Livourne, je fis équiper une tartane, ne doutant pas que je ne l'eusse bientôt rattrapé.

Je retournai à l'auberge porter toutes mes découvertes à Tiberge. Enfin, lui dis-je, elle ne m'échappera plus, car elle ne sera pas grillée dans l'endroit où je la pourrai rejoindre; j'irai me jeter à ses genoux; elle entendra ma justification; elle me rendra toute la tendresse que je mérite. Partons, mon ami, le vent souffle : ah! qu'il me tarde de la serrer dans mes bras et sur mon cœur qui l'appelle!

Tiberge, à son tour, se laissa conduire comme je voulus; nous nous embarquâmes avec la plus grande diligence, et nous cinglâmes pour la Rivière de Gênes.

Notre petite traversée fut courte et heureuse avec le meilleur vent; nous doublâmes le cap de Nole et la pointe de Final en deux jours, et le troisième nous débarquâmes dans le beau port de cette ville surnommée la Superbe, et qui le mérite à tous égards. Mon premier soin fut de m'informer dans toute la rade s'il n'était point arrivé de navire venant de Marseille, la veille ou le même jour. On nous assura fort qu'on n'en avait point vu; le capitaine du port nous le certifia. Nous jugeâmes que le navire monté par Marsaing n'avait pas si bien marché que notre tartane, que nous avions bien pu gagner ce temps-là sur lui, et même plus, et qu'il arriverait le soir ou le lendemain. Je restai tout le reste du jour sur le port; le jour d'après, j'y retournai de très grand matin, mais cette journée ne fut pas plus heureuse, et l'inquiétude s'empara de moi pour régner encore long-temps dans mon ame, car plusieurs jours se passèrent sans que nous vissions rien arriver.

Tiberge ne me conseillait plus rien ; il semblait que cet ami se fût ralenti depuis que nous avions retrouvé Manon. Je ne savais à quoi attribuer ce changement ; il était devenu rêveur, taciturne, hébété pour ainsi dire : j'étais bien loin d'en soupçonner la cause; il me passa mille idées vagues par la tête, et je ne m'arrêtai à pas une; il me vint une réflexion cependant, qui me fit frémir : je me rappelai ce qu'il m'avait dit sur la beauté éclatante de Manon, le jour qu'il s'était présenté à elle. Ciel! en serait-il amoureux? m'écriai-je. Tiberge! ce modèle de vertu! cet homme de Dieu! cet homme à toute épreuve! serait-il possible que les charmes de Manon t'eussent touché? Toi qui n'eus jamais le moindre désir! toi qui mets ton triomphe à les réprimer dans les autres! toi que la probité, la religion, la candeur, l'amitié, trouvent toujours prêt pour les plus grands sacrifices! toi, tu serais devenu faible! Mais de quoi ne sont pas capables ces charmes enchanteurs de qui personne n'a pu jusqu'à présent se défendre? n'en ai-je pas trop fait jusqu'aujourd'hui la cruelle expérience? Tout ce qui a vu Manon n'est-il pas devenu jaloux de mon bonheur? Tout ce qui l'a abordée n'a-t-il pas voulu me la ravir? Ce trait manquait à toutes mes infortunes; Tiberge! Ah! Manon, tu séduirais donc Dieu lui-même, Dieu qui t'a créée si belle!

Cependant, venant à réfléchir ensuite que si Tiberge se fût laissé enflammer pour elle, il serait le premier à me conseiller avec plus d'empressement de marcher sur ses traces, je l'excusais, et je me savais mauvais gré de l'avoir accusé; puis ma jalousie devenant la plus forte : Tiberge est plein d'honneur, me disais-je, il se résiste à lui-même, il fait des efforts pour vaincre une passion naissante, mais il y succombera; Manon ne fait pas ses conquêtes à demi.

Je passai le jour et la nuit dans ces cruels combats que ma jalousie livrait à l'amitié de Tiberge : n'avais-je pas assez de l'inquiétude des accidens qui pouvaient être arrivés à Manon, du chagrin d'en être encore séparé, de la crainte de la perdre pour toujours? fallait-il appréhender encore que mon ami le plus cher me l'enlevât? Je résolus de m'éclaircir de ses sentimens, sinon par sa bouche, du moins par ses actions. Le lendemain matin du cinquième jour que nous avions passé à Gênes, je lui dis : Il n'y a pas d'apparence que Marsaing relâche dans ce port, il aura été en droiture à Livourne. Tiberge, il y va de ma tranquillité et de ma vie, courons où mon amour m'appelle, courons chercher Manon!

Mon ami fut un moment sans me répondre, comme s'il avait voulu méditer son discours. Enfin il prit la parole en ces termes : Cher comte, vous m'avez vu ardent à vous servir tant que j'ai cru votre Manon morte; vous m'avez donné des marques trop évidentes de votre désespoir, pour que je vous laissasse à vous-même; je vous aimais trop, et je vous aime trop encore, je vous aimais trop pour ne pas travailler de tout mon pouvoir à vous guérir; la gloire d'une si belle cure ne fut pas le prétexte de ma résolution : ma tendre amitié seule m'a guidé, tant que j'ai espéré de vous faire oublier ce qui n'était plus; mais aujourd'hui que vous l'avez retrouvée (et reperdue peut-être), me convient-il de vous suivre et de vous faire renouer avec elle? Si vous vouliez vous servir de toute votre raison et considérer vous-même ce que vous allez faire, vous renonceriez à courir après elle. Je ne vous parle point du mal que vous avez déjà fait, en vous opposant à des vœux qui allaient expier tous ses crimes; vous diriez que je vous moralise, et je ne veux vous parler aujourd'hui qu'en homme du monde; laissons donc là cette paix troublée, paix qui allait devenir précieuse à son cœur, et que vous ne pourrez jamais lui rendre. Je vous ai déjà dit que je ne voulais parler qu'à votre raison, et c'est peut-être la dernière fois que je vous ouvrirai mon cœur. Je suppose donc que vous l'ayez retrouvée, comment comptez-vous vous conduire avec elle?

Tiberge, lui répondis-je, je la ramènerai par les preuves de mon innocence à tout l'amour qu'elle avait pour moi ; vous-même vous le cimenterez dans nos cœurs par le lien le plus indissoluble; je la mènerai sur mes terres jouir en paix du bien de mes aïeux.

C'est à ces dignes aïeux que je vous attendais, reprit-il ; que diraient-ils, s'ils pouvaient reparaître dans la suite comme Manon, de voir que vous auriez choisi cette fille pour les faire revivre par elle? Vous êtes le seul fruit de toute leur attention réunie pendant plusieurs siècles ; tout leur honneur, toute leur vertu réside sur votre tête; ces précieux avantages qu'ils ne vous ont transmis avec tant de soin, depuis plus de quatre cents ans, que pour les transmettre, comme vous les avez reçus, à vos descendans, êtes-vous maître d'en priver votre race future? A la bonne heure, les biens périssables qu'on perd aujourd'hui, qu'on regagne demain, et sans lesquels même on peut jouir de sa noble existence, disposez-en, encore autant que les lois vous le permettent ; mais le sang pur! c'est un dépôt sacré que vous devez rendre dans toute son intégrité; vous est-il permis de le souiller de la moindre tache? Et vos fils ne pourront-ils pas vous reprocher la corruption que vous y aurez introduite? Peut-être leur insolence n'aura point de bornes; ils s'en prendront à leur mère; et le mépris outrageant dont ils accableront ce que vous vous promettez de tant respecter fera le malheur de votre vieillesse, pourvu encore qu'ils n'attendent pas si tard à vous punir. Voyez donc vos égaremens; voyez si je puis les permettre, voyez si je peux les autoriser, et les couronner même pour vous plaire?

Que de choses, Tiberge, aurais-je à vous répondre! Vous me diriez que vous m'allez parler en homme du monde, et vous ne connaissez pas ce monde à qui seul vous voulez que j'immole le repos de ma vie. Ce sang, dites-vous, qui m'a été transmis, êtes-vous bien sûr que, depuis quatre ou cinq cents ans, il me soit venu dans toute sa pureté de veine en veine? Mais, sans vouloir couvrir un seul de mes ancêtres d'une honte qui rejaillirait sur moi-même, croyez-vous que, dans le cours des autres filiations moins anciennes même que la mienne, il n'a pu se trouver une seule femme infidèle? Admettez-la-moi, voilà tout votre raisonnement renversé. Cher ami, tu connais mal le monde et tu connais mal la nature; je ferais de toi un homme condamnable, si j'admettais ton principe; tu serais le plus grand matérialiste qu'on ait vu, si tu me persuadais que le sang, matière grossière, fait nos vertus: pour moi, je crois que l'éducation des nobles fait leur seul titre; un intrus qu'une mère libertine aura choisi dans la race la plus basse, élevé par un homme de qualité qui le croit son fils, soutiendra la plus éclatante maison et l'illustrera quelquefois davantage par les plus grands exploits; tandis qu'un vrai descendant du père le plus brave sera la plus lâche créature. Croyez-en ces maximes générales tant de fois répétées, on n'est noble que par ses vertus, on n'est roturier que par ses vices.

Tiberge me répliqua avec son esprit ordinaire, contre lequel ma jalousie commençait à se mettre en garde; car toutes ces réflexions étaient bien faites pour l'augmenter. J'avais envoyé retenir une felouque pour Livourne; mais les vents étant devenus contraires, il fallut se déterminer à attendre jusqu'au lendemain, ce qui nous donna le temps d'approfondir notre matière; en reprenant la conversation, je crus entrevoir plus d'intérêt de sa part dans sa persévérance à me conseiller d'abandonner Manon, que de raisons convaincantes pour mon salut. Justement, me disais-je, il en est épris; il ne veut pas que je la rejoigne, c'est toujours autant de gagné pour son cœur, s'il peut m'empêcher de l'épouser; il y met toute son application; il espère peut-être me la faire oublier pour jamais. Pourtant, il me voit aller à sa poursuite, et il dit qu'il ne veut plus me suivre : quelles sont donc ses raisons? Je m'y perds.

La jalousie est une autre passion qui nous aveugle, ou qui nous fait voir ce qui n'existe pas; nous sommes ingénieux à nous tourmenter nous-mêmes : quoi qu'il en soit, il m'importait de deviner Tiberge, et je crus qu'il fallait feindre avec lui pour le démêler davantage. Je lui dis que je m'étais toujours trouvé si bien de tous ses avis, qu'après avoir bien réfléchi à tout ce qu'il m'avait dit ce jour-là, j'étais déterminé à l'en croire sur un article, et que je ne penserais peut-être plus à mon mariage avec Manon, mais que cette pauvre fille que j'avais vu prête à faire une action forcée, que le désespoir sans doute lui avait seul suggérée, pourrait bien à la première occasion se sacrifier tout à fait et s'en repentir dans la suite; que je ne devais pas lui laisser prendre ce parti violent sans lui avoir fait connaître auparavant toute ma façon de penser pour elle, et sans lui avoir offert assez de bien pour finir ses jours dans le monde, au cas qu'elle aimât mieux y rester, encore que je ne vécusse pas avec elle; que j'allais donc me rendre pour cet effet à Livourne; qu'il ne devait pas trouver étonnant que je cherchasse à sauver Manon de son désespoir, lui qui m'avait tant de fois sauvé du mien. J'ajoutai que je m'apercevais depuis long-temps combien son amitié pour moi lui avait attiré de disgraces, que j'en craignais pour lui de nouvelles, que je le priais de ne me pas suivre dans ce voyage, et que, cependant, s'il le voulait, je ne pourrais le trouver mauvais.

Tiberge, qui ne m'avait jamais vu parler de si grand sang-froid ni avec tant d'indifférence pour Manon, me répondit froidement qu'il était prêt à tout, même à retourner en France, quand il aurait eu le temps de voir et de connaître la ville; que je pouvais partir quand je le jugerais à propos. Nous dînâmes et j'allai seul sur le port donner l'ordre à mon petit équipage pour le lendemain de grand matin; je me promenai ensuite sur les bords de la mer en réfléchissant à tout ce qui s'était passé entre Tiberge et moi. Tiberge, me dis-je, veut rester à Gênes et me laisser aller seul à Livourne: quel peut être son dessein? Espère-t-il que le vaisseau qui porte Manon, arrêté par quelque cas qu'il ne peut prévoir, arriverait ici pendant que je serai allé plus loin; sans doute! car il n'est pas naturel qu'il consente à me quitter si des intérêts plus forts ne l'arrêtent, et je ne connais que ceux qui lui peuvent venir de son amour pour Manon qui lui puissent faire abandonner les miens!

Si Tiberge eût voulu venir, malgré ma prière, à Livourne, je n'aurais pas douté que ce ne fût son amour qui l'y eût conduit; il voulait rester, je trouvais dans son séjour une nouvelle preuve de cet amour. J'étais jaloux, et c'est le sort des jaloux que tout, jusqu'aux contraires, leur porte ombrage : cependant mon cœur ne pouvait plus rester dans cette cruelle incertitude; j'allai retrouver Tiberge, résolu de m'expliquer plus ouvertement avec lui.

Eh bien! Tiberge, lui dis-je, je pars demain et vous restez : si d'aventure Manon allait arriver pendant que je serai à Livourne, que lui direz-vous? Je lui dirai, me répondit-il, que vous lui conservez tous les sentimens qu'un galant homme doit à ce qu'il a fortement aimé, que vous êtes prêt à lui faire un sort honnête, si elle aime mieux rester dans le monde, et que ce soit son peu de fortune qui la détermine seul à se faire religieuse; mais que vous ne l'aimez plus et que vous lui laissez toute sa liberté. N'est-ce pas là votre intention? J'étais hors de moi. Courage! Tiberge; vous lui ajouterez que si vous n'étiez pas prêtre, vous l'épouseriez à ma place, car je n'ai que trop vu que vous ne sauriez vous défendre de l'aimer.

Tiberge me prit tristement la main et me regarda en silence. Ses yeux étaient troublés. J'y vis briller une larme. Voilà, lui dis-je, une réponse éloquente, mais je n'y entends rien. Parlez-moi sans détour. Pourquoi vous avouer ma faiblesse? murmura Tiberge. Ainsi vous l'aimez? m'écriai-je furieux, attendri, perdant la tête. Écoutez-moi, reprit Tiberge, comme s'il cherchait à lire dans son cœur; je ne sais si je l'aime encore, mais je l'ai aimée. Ne vous ai-je pas dit qu'au parloir du couvent où j'allai lui parler de vous, je ressentis une agitation surnaturelle quand je la vis apparaître plus belle que jamais, parce que sa beauté avait pris dans cette sainte maison un caractère de noblesse et de gravité. Elle me parla de vous avec indignation; je n'écoutais pas : toute mon ame était dans mes yeux. Sans doute Dieu voulait me punir d'avoir trop compté sur ma force.

Tiberge ne put arrêter ses larmes. Ne suis-je pas bien à plaindre? Me laisser aller à la tentation, aux joies de la terre, moi qui ne vivais qu'en Dieu ! aimer d'un amour périssable avec cette ame faite pour aimer le ciel! aimer Manon, le crime en personne! aimer la maîtresse de mon ami!

Je n'avais plus le ressentiment de la jalousie, je plaignais Tiberge, je ne pensais plus à moi-même. Mais, rassurons-nous, me dit-il en essayant un sourire; j'ai tant prié, j'ai tant banni les songes coupables, que peu à peu Manon s'est éloignée de mes esprits. Je dégagerai mes pieds des épines fleuries; votre rival d'un jour redeviendra votre ami de tous les âges. Je dis plus, et je vais bien vous étonner; j'ai fait de très longues méditations sur vous-même, et plus j'examine tout ce qui vous est arrivé depuis votre retour de l'Amérique, plus j'ai sondé votre cœur, plus je lui ai fait soutenir d'épreuves, et plus je vois que votre amour pour la belle Manon est l'ame de votre vie, plus je trouve que sa dernière action l'en rend digne. Continuez donc à l'aimer de tout votre cœur, mon cher comte. Ne croyez pas que j'aie pu former le projet de vous abandonner; je vous suivrai, s'il le faut, aux extrémités de la terre; je ferai tout pour vous rendre Manon, je saurai bien vous justifier dans le monde.

J'embrassai Tiberge avec cordialité. Il me semblait qu'il m'avait rendu Manon et qu'il me la faisait trouver présente. Jamais ce cher ami, qui m'avait plusieurs fois sauvé la vie, n'avait rién fait de si doux pour mon cœur. Attendez, me dit Tiberge, quand nous fûmes un peu plus tranquilles, je mets une petite condition à notre marché, donnez-moi votre parole que vous l'exécuterez. Quelle est-elle? lui répondis-je. Je vous promets tout ce que vous pourrez me demander. C'est, ajouta-t-il, si le ciel vous accorde des fils de votre mariage avec Mlle Lescaut, que vous ne confierez à personne qu'à moi le soin de leur éducation. Va, nous les élèverons ensemble, lui dis-je, car je ne crois pas que nous nous séparions de la vie.

Comme nous terminions notre entretien, on vint nous annoncer mystérieusement un homme qui avait, disait-il, des choses importantes et très secrètes à nous dire; nous nous troublâmes tous les deux à cette nouvelle, car rien n'est indifférent aux cœurs inquiets, ils ne connaissent point de milieu, tout les fait craindre, ou tout les flatte. Tiberge craignit; pour moi, je me flattais que j'allais apprendre des nouvelles de Manon.

Un petit personnage simplement mis nous fit de profondes révérences dans lesquelles sa physionomie était si confondue que nous ne pûmes pas d'abord le reconnaître. Nous le fîmes asseoir. Messieurs, dit-il, en regardant du côté de la porte, vous êtes sûrs que personne ne nous écoute? Je vous prie de me laisser achever tout ce que j'ai à vous dire sans m'interrompre, et vous verrez si je suis digne de la grace que je viens vous demander. A mesure qu'il parlait, ses traits commençaient à se développer; malgré le changement de son exté-

5

rieur, nous le reconnûmes. Vous êtes, je crois, lui-dis-je, le financier que nous trouvâmes dans cette auberge près l'Isère où nous eûmes une si fâcheuse scène. Je continuai pour le détromper, s'il ne l'était point encore, de l'idée qu'il avait pu prendre de nous alors, et j'avais déjà entamé mon discours, lorsqu'il me dit : C'est moi-même, messieurs; mais je vous ai supplié de ne pas m'interrompre. Je sais tout ce que vous voulez me dire, et ce que vous ne savez pas et qui va bien vous étonner, malgré le dérangement de ma parure, c'est que je me nomme Turcuing et que je suis précisément le traitant dont l'officier que vous tuâtes avait raconté l'histoire, sans croire la rapporter à son auteur, ainsi qu'il fit ensuite de la vôtre.

Tiberge mit le doigt sur sa bouche en me regardant, pour me faire signe de ne rien dire. Turcuing continua ainsi : Vous avez dû remarquer, à la hardiesse avec laquelle je soutins l'assaut de l'officier, que je ne suis pas aisé à déconcerter et que je sais me tirer d'affaire avec adresse : cet officier vous a dit que j'avais emporté deux millions de Paris; il est vrai que je les y devais et que j'avais été obligé d'y en abandonner beaucoup; mais je n'avais pas vaillant avec moi en or plus de deux cent mille livres; vous sentez bien, messieurs, qu'accoutumé à la dépense que je faisais à Paris, à ne me rien refuser de tout ce qui me paraissait agréable (on ne réforme pas tout d'un coup ses goûts), cette somme modique pour moi ne pouvait me mener bien loin. Joignez à cela, messieurs, que la malheureuse passion du jeu m'a toujours fait faire des sottises; aussi, depuis que je n'ai plus d'argent, je me suis bien promis que je ne jouerai plus, et, si vous m'en croyez, messieurs, vous vous en abstiendrez toute votre vie : le jeu nous fait toujours faire une fin malheureuse.

Il allait nous débiter Sénèque; j'étais sur le point de faire chasser cet impertinent, quand Tiberge, qui voulait savoir où tout cela aboutirait, m'arrêta en me répétant son même signe; il poursuivit donc ainsi : Il ne me reste plus rien, messieurs, de toute la fortune que je m'étais adroitement appropriée à Paris, si ce n'est (ce que je compte pour beaucoup) les connaissances qu'elle m'a fait acquérir. Hier je vendis mon dernier habit pour payer quelques dettes, mais j'en aurai bientôt d'autres si vous voulez profiter de mes bonnes connaissances; oui, messieurs, si vous voulez me recevoir dans la bande dont vous êtes les capitaines, vous pouvez compter sur mon intrépidité autant que sur mon adresse. Je connais toutes les bonnes maisons de Gênes pour avoir été en correspondance avec elles; je n'y suis pas connu en personne, je pourrai y jouer tous les rôles que nous imaginerons, et, soutenu par deux braves hommes comme vous et par tout le reste de votre société, si elle vous ressemble, nous dévaliserons toute la ville sans être seulement soupçonnés. Je vous promets des millions si vous frappez aux portes que je vous indiquerai; je sais les risques que vous courez tous les jours; mais pour un mauvais quart d'heure un demi-siècle de plaisirs : sauve qui peut, malheureux qui est pris : je ne connais rien de plus accablant que l'indigence, et je veux me relever de celle où je suis. Pour vous faire voir, messieurs, que je ne suis pas indigne de la faveur que je vous demande, vous en allez juger vous-mêmes par le récit de mes exploits de Paris; je défie le plus fin d'avoir imaginé mes tours; combien de veuves, combien d'orphelins...

Je me levai d'impatience et Tiberge lui adressa ces paroles : C'est être complice d'un criminel que d'entendre l'aveu de ses crimes, à moins que ce ne soit pour les aller révéler. Nous ne sommes, monsieur, ni des capitaines de voleurs, ni des délateurs, et, quoique vous soyez un misérable qui ne méritez pas que nous nous abaissions à la justification devant vous, nous allons vous détromper. Il est vrai, répondit-il hardiment, qu'il y a de l'imprudence de ma part de m'être présenté seul; j'ai bien pensé d'abord que vous ne voudriez pas vous ouvrir à moi tout de suite; mais n'ai-je pas été témoin, messieurs, de tout ce qui vous est arrivé, devriez-vous balancer à vous livrer sur les espérances sûres que je vous donne? Allons, plus de cérémonie, *nous mangeons du même pain*, mangeons-en ensemble et de bonne amitié, vous vous féliciterez de m'avoir acquis.

Pendant le temps de ces derniers propos, Tiberge avait tiré d'un portefeuille des arrêts de la justice de Lyon qui nous réhabilitaient; nous les fîmes lire en partie à ce malheureux; il se jeta à nos genoux en nous demandant la vie avec une voix entrecoupée et un saisissement qui nous fit de la peine.

Tiberge le releva pour lui faire la leçon la plus pathétique et la plus frappante : il était dans son centre quand il pouvait catéchiser; personne ne s'en acquittait avec plus de force et plus de persuasion. L'ex-financier nous exposa son triste état, nous dit qu'il sentait tous ses torts, que c'était l'extrême misère qui le réduisait aux partis extrêmes; que s'il avait de quoi se reproduire honnêtement dans les maisons avec lesquelles il avait autrefois eu commerce de lettres, il pourrait leur aller offrir ses talens pour les finances même; qu'il était bon travailleur, et que, convaincu de la bonne doctrine de Tiberge, il se sentait encore capable de vivre en honnête homme, s'il en trouvait les moyens; il bornait pour cela ses prétentions à une centaine de pistoles; je les lui donnai en lui faisant faire la promesse la plus authentique qu'il chasserait de son esprit les sentimens criminels qu'il y avait laissé introduire, et qu'il ne nous saluerait ni ne proférerait nos noms dans aucune circonstance de sa vie.

Je devais donc toujours essuyer de ces attristantes humiliations, et le sort permettait qu'elles me vinssent dans les plus doux intervalles de ma vie!

Dès que le jour put éclairer notre départ, nous nous embarquâmes pour Livourne; je n'étais point géographe, je ne savais pas que le trajet d'une de ces villes à l'autre fût si court: je fus tout étonné d'y être si tôt rendu, et je me repentis mille fois de n'y avoir pas envoyé un exprès pendant que nous étions à Gênes; nous nous serions épargné peut-être bien des peines, mais nous n'y avions pensé ni l'un ni l'autre. Enfin nous mimes pied à terre et nous allâmes au plus vite aux informations sur le compte de Marsaing. Nous apprimes qu'il y était venu depuis peu de jours, qu'il y avait laissé quelques marchandises qui s'étaient déchargées avec bien de la précipitation; qu'il n'y avait séjourné que deux fois vingt quatre heures et qu'il était reparti pour la France. Je demandai s'il n'avait pas des femmes dans son bâtiment et s'il ne les avait pas débarquées. On ne put me donner là-dessus d'éclaircissement, ce qui nous fit courir, Tiberge et moi, tous les couvens de la ville sans rien apprendre. Nous allâmes dans l'auberge de ce maudit capitaine, que nous découvrimes par hasard : on nous dit qu'il avait avec lui deux femmes, dont une faisait l'admiration de tous ceux qui la regardaient, qu'on ne savait si c'était sa femme ou sa fille; qu'il les avait emmenées toutes deux.

Ah! Manon, ma chère Manon! m'écriai-je, vous m'êtes donc encore ravie! Où courir? où la chercher? Quels sont les desseins d'un homme qui l'amène ici, qui repart avec elle, qui se détourne de son chemin? Où va-t-il la conduire? Je m'égarais en mille et mille espaces. Je voyais Manon partout, je ne la trouvais nulle part. Tiberge me dit que sans doute, le capitaine ayant des commissions pour Gênes, il avait pu les remettre à son retour de Livourne au lieu de les faire en y allant. Nous nous serons croisés en chemin; retournons à Gênes. Nous retournâmes donc à Gênes, mais ce fut un voyage inutile. En vain nous y restâmes deux jours, courant les églises, les couvens et les hôtels. Il ne nous restait qu'à partir pour Marseille où peut-être, après une tempête, Marsaing était retourné, où sans doute nous devions apprendre de ses nouvelles par ses armateurs. Nous nous remîmes en mer. J'étais tombé dans un profond chagrin. Dieu, me disais-je, ne veut pas du spectacle de notre amour. Manon, ma chère maîtresse! si tu savais comme mon cœur t'appelle!

A peine en mer, nous subîmes une tempête terrible. On a tant lu de tempêtes dans les romans que je ne m'appliquerai point ici à donner des portraits effrayans de la nôtre. Tout ce que j'en dirai c'est que nous pensâmes périr, et que je n'envisageais pas cette mort comme quelque chose de redoutable. Les horreurs d'une mer écumante qui semble dévorer d'avance tout ce qui s'y engouffre ne me présentaient point un tableau si affreux, je contemplais les flots comme un asile où j'allais ensevelir mes malheurs et ma vie. Manon, courant les mers de son côté, pouvait être livrée aux mêmes dangers, et je trouvais un sinistre plaisir à imaginer que nous aurions au moins la même sépulture; ensuite, venant à penser que si elle y survivait et qu'elle se trouvât ou poursuivie par quelque ravisseur, ou exposée par son indigence à des maux que j'aurais pu lui épargner, je regrettais de périr sans avoir pu lui donner des secours et sans m'être justifié dans son esprit. Cette mort, qui tantôt m'avait semblé douce, me représentait alors tout ce qu'elle avait de cruel.

Cependant l'orage se dissipa et ramena peu à peu le calme sur les flots et dans mon cœur; nous remouillâmes dans le port de Marseille et nous ne fîmes qu'une course chez les armateurs de Marsaing, qui nous dirent qu'ils n'en attendaient pas si tôt des nouvelles.

Quand nous leur eûmes appris qu'il ne s'était point arrêté à Gênes, ni en allant, ni en revenant de Livourne, qu'il n'avait passé que deux jours à Livourne, qu'il avait dit qu'il retournait en France et qu'il n'avait point paru dans leur port, nous les vîmes s'alarmer et former mille conjectures qui me causaient encore plus de trouble qu'à eux. Quoi! me dit l'un d'eux, il n'est resté que deux jours à Livourne? Et sa cargaison était pour ce pays-là! Nous comptions qu'il y passerait un mois, nous ne comprenons rien à sa manœuvre! C'est un voleur qui aura conduit notre navire dans quelque pays étranger pour y vendre le bâtiment et sa charge; d'autant mieux qu'il avait des ordres pour déposer des effets précieux à Gênes, qu'il n'y a point laissés. Un autre disait: Il y a eu une tempête considérable, le navire aura péri. Un autre ajoutait: Si la tempête ne l'a pas abîmé, elle l'aura jeté fort loin, et les Saletins l'auront pris.

Aucune de ces idées n'était faite pour m'apporter de la consolation; je ne voyais que des extrêmes de côté et d'autre.

Manon était donc ou chez les étrangers, entre les bras d'un ravisseur, ou noyée, ou au pouvoir des pirates. Comment supporter tant d'appréhensions à la fois ? A laquelle s'arrêter qui n'eût été désespérante? Je ne pus retenir mes larmes, je tombai dans les bras de Tiberge.

Les marchands provençaux chez qui j'étais ne furent guère attendris de ce spectacle : cette nation si voisine des Barbares (1) fournissait alors peu d'hommes sensibles à l'humanité; ceux-ci, plus effrayés de la perte de leur argent que de l'état d'un pauvre amoureux tout défaillant, ne me donnèrent pas le moindre secours. Tiberge appela nos domestiques et me fit mettre dans une chaise à porteurs : on me transporta à l'hôtel où je souffris une cruelle secousse.

Pendant ma maladie Tiberge n'avait rien négligé pour apprendre des nouvelles de Marsaing. Les marchands, n'en entendant plus parler, avaient fait visiter la côte, et, n'ayant trouvé aucun débris de naufrage, ils assurèrent que le vaisseau n'avait pas péri. Le commissaire de l'amirauté, chargé de la partie des captifs, et que Tiberge avait été voir exprès à Toulon, ne put rien lui dire de positif, parce qu'il y a dans les parages de Salé des corsaires et des pirates. Si Marsaing, lui dit-il, avait été pris par des corsaires, je le saurais; mais

(1) On ne reconnaîtra jamais les Provençaux au portrait que l'auteur en fait. Bien loin que Marseille ne soit que depuis peu civilisée, elle l'était, selon les bons auteurs, même avant le reste de la France. Les Provençaux n'ont pas, à la vérité, ce liant et cette affectation de politesse qu'on trouve dans d'autres provinces : ils sont d'une vivacité et d'une pétulance qui, dans le petit peuple et surtout les marins, dégénèrent en brutalité; mais ils ne sont ni fourbes, ni dissimulés, ni lâches, ni inhumains. Ils ignorent surtout le déguisement dont la politesse affectée n'est que le voile. *Note de l'éditeur hollandais.*

s'il a été pris par des pirates, espèces de brigands qui détruisent le bâtiment quand ils ont pillé tout ce qu'il renferme, cela ne peut venir à ma connaissance qu'à la longue et par bien des hasards. De sorte qu'il ne me restait plus d'espérance de ce côté-là que celle de savoir Manon prise et vendue par des voleurs; la ressource de la croire dans les pays étrangers était si vague, que nous ne pouvions l'envisager sans être embarrassés de choisir au hasard parmi tous les ports où Marsaing aurait pu l'avoir conduite.

Tiberge avait appris que les Pères de la Merci, qui vont de temps en temps à la rédemption des captifs, allaient incessamment partir pour Alger, Tunis et Tripoli. Il me proposa de les suivre. Vous, Tiberge, vous viendriez avec moi chez les infidèles? lui disais-je. J'irai partout avec vous, me répondit-il; nous philosopherons là-dessus en route. Partons, j'ai déjà prévenu les Pères.

Nous nous munîmes de tout le crédit que pouvaient nous donner nos correspondances, et nous nous confiâmes de nouveau au caprice des vents et de l'orage. Cependant après quelques lenteurs nous abordâmes au premier port sans avoir encouru de dangers.

Si je faisais un roman, j'aurais beau champ pour placer ici un épisode, il serait même de règle de ne pas mener impunément mon héros en Barbarie; j'aurais mille scènes tragiques ou voluptueuses à rapporter : cette différence de mœurs, ces sultanes lascives, ces cruautés, ces esclavages, tout cela mis en contraste avec mes inquiétudes et ma douleur, avec l'état de Tiberge, tout cela, dis-je, me fournirait une matière intarissable; mais, comme j'amuse ici mon cœur dans la seule vue de me rappeler à moi-même les événemens de ma vie, comme ceux qui trouvent de la douceur à raconter leurs maux passés, je ne m'écarterai pas de mon sujet. Je ne sais pas même si je ne passerai pas par-dessus les petites aventures qui ont pu m'arriver là-bas.

Quoi qu'il en soit, nous parcourûmes les trois royaumes sans qu'il nous arrivât rien de bien particulier, et sans rien avoir pu découvrir qui nous marquât les traces de Manon; les Pères mêmes que nous avions instruits de nos desseins avaient fait des perquisitions inutiles : nous n'attendions que leur retour pour repasser en Europe, désolés que nos recherches eussent été vaines, et nous promettant de parcourir le monde entier, jusqu'à ce que nous eussions trouvé la terre heureuse qui portait tout mon bien.

Nous reparûmes donc pour la troisième fois à Marseille, obligés de suivre la destination des Pères de la Merci. Nous allions diriger notre marche future sur celle de nos différentes opinions qui nous avaient paru les plus plausibles. C'est de quoi nous nous étions occupés en revenant d'Alger. Tiberge avait d'abord été d'avis que, pendant que nous étions sur ces côtes, nous visitassions toutes celles de la Méditerranée où pouvait s'être réfugié Marsaing.

Dès le lendemain de notre arrivée nous allâmes sur le port, Tiberge et moi, pour choisir un bâtiment pour nos desseins; comme nous nous en informions auprès de la Bourse, j'entendis derrière moi un homme qui criait : *C'est lui-même*, et dans l'instant je me sentis saisir les reins par un homme vigoureux qui me fit subir sa force; quatre ou cinq autres me tombèrent sur le corps; une troupe de gens mal vêtus, sans aucune marque respectable d'autorité, m'entouraient de toute part; je fus traîné dans ce pompeux cortége sans savoir où.

On avait laissé Tiberge libre; Tiberge ne savait pas ce que c'était qu'une épée, quoiqu'il en eût pris une pour aller en Barbarie; nos malles n'étant point encore ouvertes, il était resté en équipage de voyageur. Il ne me vit pas plutôt assailli qu'il n'écouta que sa fureur, il tira cette épée qui lui pendait plutôt qu'il ne la portait, et fondit sur ces malheureux qu'il prenait pour des assassins; il donna plusieurs coups qui ne purent me dégager; je vis trois hommes lui faire face; je tremblais qu'il ne reçût quelque coup mortel, et son danger m'était plus à cœur que celui que j'allais courir, quel qu'il pût être : je m'aperçus cependant qu'on ne faisait que l'écarter; je le perdis de vue par un détour de rue, et je me vis conduire en prison, sans que mes ravisseurs me proférassent autre chose que des invectives.

Tandis que ceux qui m'avaient amené travaillaient à mon écrou, le geôlier me demanda quelle chambre je voulais occuper, en m'apprenant qu'il en avait de fort belles. Tiberge entra une main ensanglantée en me criant : Ce n'est rien, mon cher comte, vous allez sortir dans deux heures. Êtes-vous libre, lui dis-je, ou vous amène-t-on ici comme moi? que nous veut-on encore? Rien, me répéta-t-il; j'y suis venu tout seul vous expliquer ce dont il est question : vous aviez pris ici avant de partir pour la Barbarie tous les fonds que vous pouviez croire nécessaires à la rançon de Manon, vous avez tiré sur Paris; votre banquier dans l'intervalle y a fait banqueroute : vos lettres ont été renvoyées; ces gens-ci reviennent sur vous, au moyen des sentences qu'ils ont obtenues par défaut pendant notre absence, et ils vous font arrêter. Mais nous n'avons pas touché à cet argent, je vais payer et vous élargir; je ne suis accouru ici que pour vous tranquilliser.

Une heure après tout était payé : il vint me reprendre. Le commerce, lui disais-je, ce soutien de l'État, est donc remis dans les mains des ames les plus basses; car ces mercenaires avides ne pouvaient-ils pas tout uniment nous venir demander leur argent, sans nous faire un tel affront ? nous le leur aurions rendu. Je ne sais si ces brigands que nous venons de quitter en Barbarie en eussent agi de même; et ces malheureux déguenillés qui m'ont arrêté, si j'avais eu le temps de me mettre en défense, quel respect m'auraient-ils inspiré pour des ordres suprêmes ? Si j'en avais tué cinq ou six, les prenant pour des voleurs, que m'en serait-il arrivé ? Tiberge me répondit que tous les négocians du monde n'étaient pas Provençaux ; que d'ailleurs on en aurait peut-être agi plus poliment ; que le gouvernement avait sans doute ses raisons pour ne pas déranger ces usages établis. En Angleterre, me dit-il, un baillif ou huissier se présente au débiteur sans que personne s'en aperçoive, lui montre un petit bâton où est la marque du législateur ; le sujet, plein de respect pour les ordres des tribunaux, suit le sergent, qui le mène dans la première taverne ; si le débiteur a de l'argent ou une caution, il est libre, et on lui donne huit jours et plus pour trouver tout cela, sans sortir de ce cabaret. S'il ne peut se procurer l'un ou l'autre dans cette huitaine, on le mène en prison, mais sans éclat. Le prince épargne ainsi le sang de ses citoyens, et leur évite des affronts qui leur seraient quelquefois plus sensibles, puisque souvent ils influeraient par leur éclat sur leur crédit d'abord, et de là sur toute leur fortune. En France, on arrête brutalement le père à côté de son fils, qui se fait tuer pour le défendre ; le mari à côté de sa femme, qui, quelquefois enceinte, en accouche d'effroi ; souvent le débiteur est traîné en morceaux dans la prison, parce que sa vie lui a paru moins chère que sa liberté; souvent aussi cette canaille est repoussée par la défaite et la mort même de plusieurs d'entre eux. Le peuple alors se met de la partie et achève le désordre.

Cet incident ne servit pas à me faire aimer les Provençaux, quoique ce ne soit pas celui que je leur doive reprocher davantage.

Notre projet de faire le tour de la Méditerranée se trouvait dérangé, puisqu'il ne nous restait plus assez d'argent pour l'exécuter. Nous sentîmes la nécessité de revenir à Paris et même dans ma province pour rétablir l'ordre de mes correspondances pécuniaires. Nous avons le tour du monde à faire, me disait Tiburge, peu importe par où nous commencerons. C'est le hasard qui doit nous faire retrouver Manon; il n'y a pas plus de certitude à commencer plutôt par un endroit que par un autre; de la Picardie, où sont vos terres, nous nous embarquerons pour l'Angleterre ou la Hollande; il y a même à parier que si le capitaine a voulu s'approprier le bien de ses commettans, il sera sorti de la Méditerranée et aura été dans ces pays de liberté où il est de la politique de donner asile aux malheureux qui viennent les enrichir de la dépouille des autres.

Nous revînmes dans mes terres avec toute la précipitation possible, en ne faisant que traverser Paris, comme nous avions fait avant d'aller à Marseille. Mais, au premier voyage de Paris, le hasard m'avait fait rencontrer chez des marchands un homme que j'avais précédemment connu, à qui j'avais été obligé de dire, pour m'en défaire, que j'étais devenu l'héritier de ma maison, et que, n'étant à Paris que pour des emplettes, j'y resterais fort peu de jours ; celui-ci en avait fait part à d'autres ; de manière que toutes les personnes de ma connaissance ayant su le changement de ma fortune, m'avaient écrit, les unes pour m'en féliciter, les autres pour se féliciter eux-mêmes : ils apprenaient que je pouvais leur payer quelques restes de comptes. Toutes ces lettres s'étaient accumulées, parce que je n'avais point donné d'ordres pour qu'on me les fît parvenir ; dans un premier moment, je voulus les jeter au feu sans les ouvrir, bien résolu de ne conserver aucune de mes anciennes liaisons. Tiberge m'arrêta en me représentant qu'il pouvait y en avoir d'intéressantes. Nous brûlerons, dit-il, tout ce qui ne le sera pas; il s'en pourrait trouver de M. de T... qui vous a rendu de grands services, ou d'autres que vous regretteriez de n'avoir pas lues.

Nous les ouvrîmes donc l'une après l'autre : Justes dieux! m'écriai-je, en voici une de la main de Manon. Je portai à ma bouche ces chers caractères, comme si j'avais tenu celle qui les avait tracés ; je déchirai précipitamment le cachet, et je lus ces lignes :

« Adieu. Vous m'avez trahie comptant sur ma mort; je « vis et je vous pardonne. Je vais demander à Dieu la force « de vous oublier. Que votre femme vous accorde des en- « fans comme ceux que j'attendais du ciel ! »

Ma femme! m'écriai-je, elle est donc folle! La lettre était datée du couvent de Marseille et des premiers mois de l'année du noviciat de Manon; je n'eus pas la force de la lire tout entière. Chaque mot, depuis le premier, m'avait saisi de douleur; je l'avais donnée à Tiberge au moment où mes pleurs et mes sanglots m'avaient arrêté.

Ah! qu'on aime sa douleur et qu'on trouve de volupté à s'y abandonner de bonne foi! On dirait qu'elle emploie moins de force contre nous quand nous n'essayons pas de la combattre; elle se ralentit du moins et elle s'épuise; elle nous laisse ensuite à nous-mêmes et fait place aux réflexions qui nous donnent assez de courage pour la détruire.

Tiberge convenait avec moi de tout ce que cette lettre avait d'accablant, il me la relisait même, et nous formions mille conjectures qui ne pouvaient nous apprendre comment Manon pouvait me croire marié: nous supputâmes, par le temps qu'il y avait de notre départ de l'Amérique jusqu'à celui où elle avait écrit, qu'elle avait pu, en effet, recevoir au Nouvel-Orléans deux fois des lettres de France depuis que j'y étais de retour, et que sans doute quelque rival, Synnelet peut-être, avait travaillé à la confirmer dans son erreur. Quoi qu'il en soit, disais-je à Tiberge, elle est fidèle, et si je la retrouvais encore sans qu'elle eût rempli ses vœux, elle me rendrait tout son amour en apprenant toute mon innocence: il ne faut donc pas perdre un instant à la chercher. Allons, Tiberge; mais, avec ce désir si marqué de renoncer à toute la terre, elle n'aura pas été en Angleterre ni en Hollande, puisqu'il est de la religion même de ce pays de n'y point souffrir l'établissement de ces asiles sacrés pour les cœurs au désespoir. N'importe, me dit Tiberge, plus j'y réfléchis, plus je me persuade que Marsaing n'aura pu porter ses rapines qu'à Londres. Cette ville est tout un monde; c'est la seule où un réfugié puisse jouir en paix (s'il en est une pour les cœurs criminels) du fruit des vols qu'il a faits ailleurs. L'extrême liberté y confond le droit des gens; il aura pu y débarquer Manon, pour de là la faire conduire ailleurs; mais sa cargaison et son navire étaient tout ce qui devait diriger sa marche; si nous en apprenons des nouvelles, nous le suivrons jusqu'à ce qu'il nous dise le sort de votre maîtresse, et nous courrons du moins avec plus de certitude. Il n'y a pas à balancer, et, si vous m'en croyez, nous partirons demain pour Calais.

J'y consentis; dès que le jour parut, nous nous mîmes en route. Nous arrivâmes le lendemain à Calais, d'où nous nous embarquâmes sans halte pour Douvres. Nous y abordâmes le soir et nous descendîmes dans une auberge qui était presque remplie par un nombre considérable de voyageurs. Après un léger souper, nous nous couchâmes. La quantité de voyageurs qui étaient arrivés avant nous ne nous avait pas permis de choisir nos logemens; nous couchions dans deux chambres séparées.

On m'avait donné une très petite chambre qui n'était séparée d'une autre que par une cloison de planches; à peine y ai-je été un quart d'heure recueilli, que j'ai entendu, dans la chambre voisine, pousser de très grands soupirs; j'ai prêté une oreille plus attentive; j'ai entendu la voix d'une femme. Mon cœur a tressailli. Manon! si c'était ta voix. J'écoutais de toute mon ame; mais les bruits du dehors couvraient la voix. Hélas! me suis-je trompé? Cette voix traînante n'est pas la sienne. Je compris que deux femmes s'entretenaient tristement. Je m'étais soulevé et j'écoutais sans respirer. Allez, mademoiselle, disait l'une, il faut prendre une brave détermination : il vous a trahie, oubliez-le. Hélas! répondait l'autre, ma raison me le conseille; mais, dans ce mauvais monde, c'est son cœur qu'on écoute. Bonne nuit, mademoiselle, reprit la première; allez, j'ai plus de philosophie que vous, je me suis déjà vingt fois consolée de la perfidie de mon premier amoureux. La demoiselle ne daigna pas répliquer. Un instant après, elle se plaignit de ce que cette fille eût éteint la lumière. Cette fois je crus bien reconnaître la voix de Manon. Je m'élançai hors du lit, cherchant à m'habiller en toute hâte Tiberge frappa à ma porte un flambeau allumé à la main Mon cher comte, me dit-il, je ne sais si je dois vous apprendre... Je sais tout! lui dis-je avec exaltation. Que savez-vous? me demanda-t-il. Je ne sais rien, parlez, répliquai-je d'un air suppliant.

Tiberge s'asseyant sur mon lit continua ainsi : J'étais tout à ma prière quand un valet de l'hôtellerie est entré et m'a prié d'inscrire mon nom sur le registre des voyageurs; qu'ai-je vu en déposant la plume! le nom de Mlle Lescaut! Elle est là, dis-je à Tiberge en lui pressant la main. Je frappai doucement contre la cloison. On ne répondit pas. Je frappai une seconde fois. Mademoiselle, entendez-vous? dit sa compagne. Le silence me fit juger qu'elle écoutait. C'est, dis-je d'une voix tremblante, le chevalier Desgrieux qui vous demande un quart d'heure d'entretien. J'entendis un cri perçant. En reconnaissant ma voix, Manon était tombée sans connaissance. Qu'avez-vous, mademoiselle? dit sa compagne en s'élançant à son lit. Comme Manon ne répondait pas : Secourez-la, dis-je à cette fille; nous allons vous porter de la lumière. En effet, cette fille ne consulta que son effroi et vint toute nue à la porte, où nous nous étions déjà rendus avec la lumière. Je la reconnus pour une ancienne amie de Manon, Marianne, surnommée la Bouquetière, parce qu'elle avait vendu à tout le monde les roses de sa bouche. Elle me reconnut aussi et tomba sur le plancher.

C'est ici qu'il faut se représenter l'état de Tiberge, un ecclésiastique qui se trouve à cinq heures du matin dans une hôtellerie, où personne n'est éveillé, un flambeau à la main, dans la chambre de deux femmes, dont l'une, évanouie dans ses draps, est bientôt embrassée par un amant éperdu, qui semble se jeter plutôt sur le même lit, pour y mourir avec ce qu'il aime, que pour lui donner du secours, dont l'autre est couchée nue au milieu de la chambre. Je ne lui ai jamais demandé comment il s'était tiré des premiers instans de cette aventure. Enfin l'amie de Manon se leva et vint devant le lit. Je tenais encore Manon embrassée, elle commençait à rouvrir ses beaux yeux. Manon, mon adorable Manon, m'écriai-je, quand je jugeai qu'elle pouvait m'entendre, oserais-je t'approcher ainsi, si je n'étais qu'un parjure et si j'avais pu cesser un moment d'adorer tous tes charmes? Dieu te répondra de ma tendresse; sois donc enfin désabusée; je t'aime, je t'ai toujours aimée; je t'ai cherchée à travers les périls et j'allais parcourir le monde entier pour te chercher encore.

Cette chère fille, qui ne pouvait alors parler, se transporta tout d'un coup, et, se livrant au sentiment le plus cher à son ame, elle me passa ses bras autour du cou, avec une ardeur digne des beaux jours, et porta ma tête sur son sein, où je sentis bientôt tout le feu dévorant de son cœur.

Cher chevalier, me dit-elle enfin, est-il vrai que le ciel te rende à mes vœux et qu'il te rende avec tout ton amour et toute ta confiance? Et elle me regardait avec une attention curieuse, comme si elle eût voulu pénétrer encore dans mes regards la vérité de ce que j'allais lui répondre. Oui, lui répondis-je à mon tour, avec cette candeur qu'il est impossible au mensonge de contrefaire, oui, divine Manon! trop belle

Manon! adorable idole de ma vie! oui, tu me retrouves toujours le même, j'en atteste les dieux! Parle donc, Tiberge, où es-tu? Mais Tiberge s'était éloigné.

Je n'en veux pas davantage, me répondit Manon, j'en crois plus ce qui se passe en mon cœur que tous les témoignages de l'univers; viens donc te confondre encore dans mes embrassemens. Nos cœurs semblaient venir jusque sur le bord de nos lèvres, ils s'élançaient comme pour passer d'un corps à l'autre. Heure d'ivresse adorable qu'il faut voir et non pas peindre! Oui, je crois que la mort même nous eût parut douce en nous frappant alors du même coup.

Tiberge venait de descendre quand il avait cru que Manon n'était plus en danger, il avait voulu donner le temps à la Bouquetière de se rajuster, et il observait au dehors si cette scène n'avait point été aperçue; il rentra et certifia tout ce que j'avais pu dire à Manon pendant ce moment d'absence; il voulut m'entraîner de cette chambre; les voyageurs se levaient et allaient bientôt prendre, chacun de leur côté, leur essor. Vous vous rejoindrez, me dit-il, quand tout le monde sera parti. Manon prendra quelques heures de repos. Sortons, mon cher comte.

Il fallut que Manon parût désirer ce moment de calme pour m'arracher de ses bras, quoique ce ne fût que pour quelques heures. Nous nous quittâmes, mais ce ne fut pas sans remettre nos ames dans ce premier état d'effusion, par nos embrassemens redoublés, dont nous ne voulions jamais voir la fin ni l'un ni l'autre.

J'allais de temps en temps sur la galerie qui régnait autour des appartemens, pour écouter si je n'entendais pas du bruit dans la chambre de Manon, ou si je ne verrais personne qui essayât de me l'enlever, car le peu d'habitude d'être heureux fait qu'on est inquiet de son bonheur même. Le ciel n'est jamais plus près de l'orage qu'au milieu des beaux jours. Laissez-la goûter toute sa joie et la comprendre, me disait Tiberge, nous allons bientôt la revoir plus calmée et plus en état de nous conter tout ce qu'elle a souffert depuis votre absence. La Bouquetière ouvrit la porte et vint nous dire que Manon, ne s'étant point rendormie, nous faisait dire de passer chez elle.

Je ne peux plus me priver si long-temps de ta présence, mon cher chevalier, me dit-elle; réunissons-nous une bonne fois pour ne plus nous quitter. Nos embrassemens recommencèrent et ne cédèrent qu'aux représentations de Tiberge.

Manon était déjà si abattue qu'il n'y avait pas moyen de l'exposer ce jour-là aux fatigues de la route. Nous arrangeâmes que nous passerions cette journée-là à Douvres sans sortir de l'auberge et que le lendemain, après la traversée, nous reprendrions le chemin de mes terres; que Manon choisirait celle qui lui serait le plus agréable et que nous y fixerions notre séjour. Mais nous n'étions pas à la fin de tous les dangers. Qui peut répondre d'un jour de paix et de bonheur dans la tempête des passions ?

C'était à qui raconterait la suite de nos tristes aventures. Nous nous interrogions des yeux, nous nous répondions par des baisers. Manon, quoiqu'elle aimât à parler même quand elle ne disait rien, ce qui arrive aux plus honnêtes femmes, ne voulut pas me détailler tous ses chagrins sans avoir appris les miens. Elle me supplia de commencer. Je n'avais que trois mots à lui dire : je t'aime, je t'ai cherchée, je t'ai retrouvée. J'employai à cela toute la matinée : ce ne fut pas sans nous attendrir et sans rire beaucoup. Le récit était souvent interrompu par nos embrassemens. Tiberge n'était pas là. Ce pauvre ami avait peut-être, qui le sait? retrouvé toutes les agitations de son cœur. Pour nous, redevenus, malgré les leçons du malheur, aussi fous ou aussi enfans qu'autrefois, nous prenions la joie comme il faut la prendre, sans regarder ni en arrière ni en avant.

Cependant comme j'étais impatient de savoir les événemens étranges qui avaient pu rappeler Manon à la vie et me rendre cette chère fille quand je m'y attendais le moins, je la priai de prendre à son tour la parole; elle le fit à peu près de la manière suivante, s'interrompant quelquefois pour essuyer une larme ou pour se jeter sur mon cœur.

SUITE DE L'HISTOIRE

DU

CHEVALIER DESGRIEUX

ET DE

MANON LESCAUT

LIVRE QUATRIÈME.

Il faut, mon cher comte, ou plutôt mon cher chevalier, car tu seras toujours pour moi le chevalier Desgrieux, il faut que je me remette sous le sable où vous m'aviez enterrée pour ne vous faire perdre aucune des situations où j'ai été réduite depuis ce jour fatal qui nous a séparés : quoi qu'il en doive coûter à votre cœur, ne craignez point la peinture de ces instans terribles ; nous nous les représenterons plus d'une fois avec plaisir, pour nous faire trouver plus délicieux les momens de bonheur que nous aurons à leur comparer dans la suite.

Je ne sais combien de temps avait duré ma léthargie ou mon épuisement ; mais, quand je retrouvai mes sens, je ne pouvais comprendre ma situation, et mon ame s'égarait pleine d'étonnement, sans s'arrêter à aucune idée qui pût l'éclairer; accablée d'un poids considérable, mais incompréhensible, puisqu'il prenait régulièrement tous les contours de moi-même, j'essayais de faire des mouvemens qui étaient toujours comprimés; mes deux mains étaient croisées sur ma poitrine, et vos habits, qui me couvraient le visage et le cœur, avaient laissé par leurs plis quelques vides où le sable ne s'était point introduit. Je sentis que je pouvais agiter les mains dans un petit espace, je fis des efforts plus grands pour leur donner plus d'essor; je m'aperçus que ce qui me pressait était mouvant en quelque sorte; je ne doutai plus que je n'eusse été nouvellement couverte d'une terre qui n'avait pas encore eu le temps de se consolider; mes mains gravissaient, en s'élevant, jusqu'à ce qu'enfin elles se firent un passage. Je sentis renaître mes espérances, je travaillai avec courage et sans trop de peine à me dégager, au moins la tête, afin qu'il me fût possible de recevoir la respiration qui commençait à me manquer. J'y parvins, non sans avoir cruellement à souffrir.

Dieu sans doute soutenait mes forces à tout moment chancelantes; enfin, quand j'eus le visage découvert, je me reposai, et c'est dès ce moment seulement que je m'abandonnai à des réflexions suivies et que je formai diverses conjectures: La mort ne m'avait point encore montré tout ce qu'elle avait d'horrible. Un homme qui se noie voit son danger, il y pense, en pensant aux moyens mêmes de se sauver; mais moi qui ne comprenais pas ma situation, je n'envisageais pas encore cette mort qui en devait être la suite; quand je pus voir le ciel, et que je pensai que je n'avais pu être ainsi abîmée que pour être privée pour toujours de sa lumière; quand je me demandai qui avait pu me vouloir tant de mal, je m'égarais de nouveau, et je ne savais à quoi me résoudre. Je vous croyais en pareil état; j'imaginais que l'oncle de Synnelet nous avait fait poursuivre et qu'il nous avait immolés tous deux à sa vengeance; qu'on nous avait percés de coups et qu'on nous avait enterrés. Je portais mon attention sur moi, pour sentir où je pouvais avoir été blessée; mes sens se promenaient intérieurement dans toutes les parties de moi-même. Ils ne m'auront porté, disais-je, que des coups légers; mais mon amant, ils l'auront exterminé dans leur rage! Juste Dieu! l'avez-vous pu permettre? Cette crainte ranima ma vigueur, je travaillai de nouveau, et vers le coucher du soleil, je pus me mettre sur mon séant et distinguer que je n'avais aucune blessure. La terre au loin ne m'avait point paru remuée, et nulle éminence sur sa surface ne m'annonçait qu'on vous eût fait éprouver le même sort. En portant ma vue jusqu'où elle pouvait s'étendre pour vous chercher, j'aperçus des hommes qui venaient à moi; leur nombre me les fit prendre pour mes ennemis; je me recouchai pour me dérober à leur vue; et ce que vous aurez peine à croire, je me recouvris de sable pour m'enterrer moi-même toute vive, plutôt que de me voir exposée à leur nouvelle férocité; je n'en pus jamais venir à bout assez vite; ils s'approchèrent de moi, et je reconnus l'aumônier avec les gens de Synnelet, à qui j'inspirai un effroi mortel. Les plus hardis avaient peine à en revenir. Après toutes les simagrées de leur frayeur, ils me débarrassèrent et me firent lever; mais je ne pouvais me soutenir. On me porta; on me fit faire autant de chemin que nous en avions fait ensemble; je ne voyais point que nous approchassions de la ville ; l'aumônier, qui ne m'avait point voulu répondre, quelque question que je lui fisse sur votre compte, me déposa dans une maison isolée au bord d'un bois ; il me fit garder par ceux qui l'avaient accompagné et nous quitta ; j'ai su depuis qu'il avait été donner avis de tout ce qui venait d'arriver à Synnelet. On eut la prudence de me faire reprendre mes forces par degrés, et je restai là plusieurs jours sans entendre parler de personne, mais bien soignée par une bonne vieille et ses filles, à qui l'aumônier m'avait recommandée comme la parente de M. le gouverneur.

Je ne me ferai pas un mérite des réflexions qui me roulaient dans la tête : elles vous concernaient toutes ; vous étiez ma seule inquiétude : jugez de ce que je souffrais sans que je vous le raconte. Je voulais courir au hasard pour vous chercher, mais je n'étais plus qu'une ombre.

J'essayai plusieurs fois de séduire quelques-uns de mes gardes pour les envoyer à la ville savoir de vos nouvelles ; je n'en trouvai qu'un prêt à me servir ; mais hélas! à quelle condition? Vous le dirai-je? J'en fus trop humiliée moi-même pour n'en avoir pas perdu jusqu'au souvenir. Je me regardais comme votre épouse ; je me comparai à toutes celles qu'on avait mises à pareille épreuve pour sauver leurs maris ; je me dis tout ce qu'il y avait à dire pour et contre : si vous existiez, je ne vous sauvais pas en commettant une action qui vous aurait plus fait souffrir que la mort même ; et, si vous n'existiez plus, ma honte me restait en pure perte. Cependant l'ardente envie que j'avais d'être instruite de votre sort me fit imaginer une alternative ; je promis à ce malheureux tout ce qu'il me demandait, s'il m'apportait des preuves qu'il vous eût parlé et qu'il vous eût instruit de ma retraite, bien persuadée que, si vous l'appreniez, vous seriez aussitôt que lui près de moi pour ma défense; s'il me rapportait que vous n'existiez plus, je n'avais que le désespoir pour ressource, et je me serais moi-même soustraite par la mort à ses brutales prétentions. Je me munis à cet effet d'un couteau que je serrai précieusement sur mon cœur. Je le fis partir le lendemain sous quelques prétextes qu'il exposa à ses camarades; il ne revint pas le même jour, parce que le trajet de là à la ville demandait plus de temps que je ne l'avais imaginé. Le troisième jour, je le vis arriver seul sur le midi. Mon sang se glaça, quand je pensai que vous ne l'aviez pas devancé : il m'apprit que vous aviez été pris et mis en prison, qu'il lui avait été impossible de vous parler, mais que Synnelet n'étant pas mort de la blessure qu'il avait reçue de vous, il avait demandé lui-même votre grace. Je lui fis sentir qu'il ne convenait pas qu'on nous vît long-temps ensemble à son retour de la ville. Il me répondit qu'il aimait mieux aussi que nous achevassions la conversation la nuit, et qu'il était sûr du moyen d'entrer dans ma chambre quand tout le monde serait endormi. Il me quitta en me laissant en proie à toute la frayeur que devaient me causer ces dernières paroles. Une heure après je vis arriver l'aumônier; quand il se fut un peu remis de l'extrême chaleur, il vint auprès de moi et me parla en ces termes : Vous verrez bientôt, mademoiselle, arriver dans ces lieux l'homme à qui vous paraissez la plus belle et à qui vous êtes la plus chère. Le chevalier! m'écriai-je toute transportée. J'étais prête à lui sauter au cou. Votre chevalier! me répondit-il, ce monstre qui vous avait enterrée toute vive pour se débarrasser de vous! non. Le ciel l'a puni de son forfait abominable, nous l'avons trouvé à demi dévoré des bêtes féroces; il n'a survécu qu'autant de temps qu'il en fallait pour nous avouer son crime, et nous vous cherchions partout pour vous *donner une sépulture honorable*, quand nous vous avons trouvée vivante.

On ne débite pas le plus monstrueux de tous les mensonges sans que le visage en laisse apercevoir quelques marques : le rapport de mon commissionnaire et l'air faux de l'aumônier me rassurèrent sur les alarmes qu'on voulait me donner sur votre compte, et je continuai de l'écouter tranquillement pour savoir où il en viendrait. Il poursuivit de la sorte : J'ai porté à Synnelet l'heureuse nouvelle de votre résurrection; vous ne sauriez croire, mademoiselle, quel baume j'ai versé sur sa plaie; il vous adore, il brûle de venir vous le dire lui-même; il m'a chargé de vous annoncer qu'il viendra vous offrir sa main, dès que ses forces pourront le lui permettre : vous serez la plus heureuse personne du pays, et je vous demande l'honneur de votre protection. Vous êtes un fourbe atroce, monsieur l'aumônier, lui dis-je tout indignée, je suis la femme du chevalier Desgrieux; les sermens que nous nous sommes faits d'être toujours unis sont plus forts qu'une vaine cérémonie administrée par un prêtre; Dieu ne veut que des sacrifices purs, offerts par des mains plus pures encore. Mon amant vit, je ne puis être à d'autres sans être parjure, et quand il ne vivrait pas, tous les Synnelet du monde ne me feraient pas renoncer à la gloire de lui être fidèle après sa mort même; vous voulez me tromper et vous vous y prenez lourdement, car si le chevalier Desgrieux était mort, comme vous me le dites, pourquoi ne m'auriez-vous pas menée droit à la ville, quand vous m'avez trouvée? Réponds, si tu l'oses, à cette preuve convaincante de ton imposture! D'ailleurs, un de tes gens qui vient de la ville m'a rapporté que le chevalier était en prison et qu'il allait avoir sa grace. Quelle foi puis-je donc ajouter à tes discours? Mais ton Synnelet, ajoutai-je tout de suite pleine de fureur et en lui montrant mon couteau, qu'il m'approche! Voilà qui me délivrera de sa présence odieuse; ce couteau ne sortira plus de mes mains, et, si quelqu'un s'avise de franchir les trois derniers pas qu'il lui faudrait faire pour arriver jusqu'à moi, je me perce à ses yeux. Je sens que je vais être en butte à la persécution, que j'en serai tôt ou tard la malheureuse victime : ainsi rien ne me paraîtra plus doux que de me délivrer par la mort de ce qui me serait plus affreux que la mort.

Mes yeux étincelans, le ton de fermeté avec lequel je proférai ces paroles, le bras levé, la pointe du couteau tournée sur mon cœur, le firent sur-le-champ reculer de frayeur à la distance prescrite. Ne me parle jamais de plus près, lui dis-je, toi ni les tiens, ou tu verras quel cas je fais de la vie. L'aumônier ne sut que me répondre; je démêlai que mon discours l'avait animé de colère, et, ne sachant à qui s'en prendre, il la passa sur le malheureux qui avait été à la ville et qui m'en avait apporté les nouvelles. Il le fit venir et le fit garrotter en ma présence par ses camarades, pour être gardé jusqu'à ce que M. le gouverneur vînt à décider de son sort. Je me trouvai soulagée de ce côté, car les dernières paroles que ce forcené m'avait proférées m'avaient causé la plus vive inquiétude.

L'aumônier retourna à la ville : je n'abandonnai pas mon arme; je me faisais servir au milieu de ma chambre; quand on servait, je me réfugiais dans un des coins, et je ne m'approchais de la table qu'après que tout le monde s'en était éloigné. Quand je voulais me coucher, j'allais barricader les portes et les fenêtres pour qu'on ne me surprît point pendant mes instans rares de sommeil, et je n'entrais dans mon lit qu'avec le fatal couteau si cher à mon désespoir.

Ma vie d'ailleurs était si uniforme que, jusqu'à l'arrivée de Synnelet en ces tristes lieux, je n'ai rien d'intéressant à vous rédire. Pour ce qui me regarde, je vous fais grace de mes réflexions, réflexions d'un cœur brisé; je craindrais de pénétrer le vôtre davantage et j'éviterai autant que je pourrai de l'émouvoir.

L'aumônier revint encore une fois avant Synnelet, mais ce fut pour une expédition qui me fit frémir. Il apporta la sentence du malheureux qui m'avait voulu servir. M. le gouverneur, pour donner un exemple rigide de l'exactitude avec laquelle il voulait qu'on servît les indignes amours de son neveu, l'avait condamné à la mort; l'aumônier l'exhorta très cavalièrement, et ses camarades le pendirent presque sous mes yeux, avant que j'eusse eu le temps de demander sa grace; mais l'aurais-je demandée? Il n'était donc plus possible, après cet exemple, de rien tenter pour vous faire savoir où j'étais.

Enfin Synnelet arriva après plusieurs semaines et se présenta en amant soumis. Il avait passé une partie de sa jeunesse en France et avait en vérité le ton du monde; vous l'avez assez connu, et si son fol amour ne lui eût pas tourné la tête, il eût été incapable de tous les traits indignes qu'il employa pour déranger la mienne.

Si vous ne me ramenez pas mon chevalier, lui dis-je fièrement, n'espérez pas que je vous écoute, et ne croyez pas avoir le privilége de m'approcher de plus près que les autres. Tout est perdu pour moi, puisque vous ne me rendez pas ce que j'aime : je n'ai plus rien à désirer ni à craindre, et ce couteau protecteur m'affranchira du plus affreux des esclavages. C'eût été quelque chose d'assez plaisant pour toute autre que moi de voir un galant faire le transi à quatre pas de ses amours, sans oser en approcher davantage; mais il ne devait pas se soumettre pour long-temps à cette ridicule contrainte. Belle Manon, me dit-il, votre état me fait pitié; croyez-vous qu'il me serait difficile de vous désarmer, si je le voulais absolument (le mot était déjà donné et on en épiait le moment); mais quand vous me connaîtrez bien, vous verrez que vous n'aviez pas besoin de la gêne que vous vous donnez à vous-même; je ne devrai jamais rien qu'à votre cœur : s'il doit me détester toute la vie, du moins n'aurez-vous jamais à vous plaindre de moi et je vous donnerai bientôt des preuves que mon amour respectueux, autant qu'il est violent, mériterait du retour de votre part, si vous n'étiez pas préoccupée pour un traître, indigne mille fois de la tendresse que vous lui gardez. Je voulais vous faire accroire qu'il était mort pour vous éviter le récit de son crime; mais je vois bien que ce n'est pas la feinte qu'il me faut employer avec vous.

A cet instant je me sentis frapper le poignet armé du couteau. Ma main s'engourdit sans ressentir une vive douleur : le couteau alla tomber à quelque distance; deux hommes agiles accoururent et se ruèrent par terre pour le ramasser; ils s'en emparèrent pendant que je me baissais pour le reprendre de la main gauche.

Tout le monde sait combien les sauvages sont adroits à décocher une flèche : Synnelet, averti de mes résolutions funestes par l'aumônier, avait amené celui qui était le plus expert en cet art, lui avait fait répondre de son coup sur sa tète; celui-ci, d'un des côtés de la chambre, m'avait lancé une flèche émoussée et garnie de façon qu'elle me frappa sans me faire aucun mal.

Synnelet vint s'exposer lui-même à toute ma fureur. Eh bien! belle Manon, me dit-il, je suis votre vainqueur et c'est moi qui m'expose à vos coups; je vous rendrai ce couteau si cher; mais si vous voulez m'entendre, je vous désabuserai de toutes les erreurs où vous êtes, et, si vous avez décidé ma mort, je souffrirai plutôt mille morts que de rien entreprendre qui puisse vous déplaire.

Il se jeta à mes genoux : Qu'on lui rende son couteau. Mais non, s'écria-t-il en me remettant son épée, elle servira mieux votre colère : frappez-moi, Manon, si vous ne devez jamais m'accorder votre tendresse.

Il était fort près de moi : j'acceptai son épée, mais c'était pour la tourner contre moi-même; il suivait de l'œil tous mes mouvemens, et le circuit que décrivait mon bras pour me frapper lui fit bientôt connaître mon dessein; il n'eut pas de peine à le prévenir en me reprenant son épée. Grand Dieu! s'écria-t-il, si le chevalier Desgrieux était encore digne d'un amour si excessif, je lui sacrifierais tout le mien dans cet instant même; mais, encore une fois, Manon, il ne mérite pas de posséder un cœur comme le vôtre, et je reproche bien à ma générosité d'avoir imploré sa grace : vous seriez vengée; mais j'ai cru qu'il suffisait d'avoir été aimé de vous pour mériter de la pitié. D'ailleurs, on aurait pu penser que c'était moins votre intérêt que mon amour pour vous qui portait mon oncle à la vengeance, et, supposé que vous vinssiez à m'aimer un jour, j'en éloignais le moment, en le faisant punir sans vous avoir persuadée de son crime, n'aurais-je pas...

Quel est-il donc? lui dis-je en l'interrompant. Hélas! reprit-il d'un air triste, n'avez-vous donc pas remarqué, pendant votre traversée du Hâvre-de-Grace au Nouvel-Orléans, que le chevalier Desgrieux s'est souvent entretenu avec une des malheureuses qui vous accompagnaient dans votre exil. On la nommait, je crois, Olympe : il paraît qu'elle était aussi infortunée que vous : beaucoup de faiblesses et beaucoup de désordres, c'était tout son crime; mais elle était plus jolie et moins coupable que toutes ces pauvres créatures que Paris rejetait de son sein. Eh bien! dis-je à Synnelet avec impatience. Eh bien! continua-t-il, en revenant de pleurer sur la fosse où il vous avait enterrée toute vivante, le chevalier Desgrieux rencontra cette fille en prison et lui conta son chagrin; elle pleura avec lui... Achevez! m'écriai-je toute pâle. Vous ne devinez pas, belle Manon, qu'ils se sont consolés ensemble? C'est impossible! dis-je avec colère : je réponds du cœur de mon amant. Ah! mademoiselle, poursuivit Synnelet, vous ne connaissez guère les hommes : celui-ci vous a aimée, mais le tombeau met un siècle de distance entre les cœurs les plus passionnés. Non-seulement le chevalier Desgrieux a pris goût à la belle Olympe, mais il s'est embarqué avec elle pour la France, où il espère la faire rentrer à la faveur d'un nom de guerre. J'ai moi-même prié mon oncle pour lui faciliter les moyens de retourner dans son pays. Nous nous sommes quittés sans rancune en nous donnant la main.

J'étais confondue, j'étais plus morte que sous le sable où vous m'aviez enterrée. Je ne trouvai pas un mot à répliquer. Une voix plaidait pour vous dans mon cœur, mais une autre voix affirmait à mon esprit que tout ce roman était vrai : vous m'aviez quelquefois parlé de cette fille avec faveur pendant la traversée, pourquoi ne l'eussiez-vous pas aimée après ma mort? Le cœur est si fragile! C'est un abîme, on s'y perd.

Synnelet me laissa à mon chagrin et à mon dépit. Je voulais mourir, je voulais vivre pour me venger. Je tombai agenouillée; je levai les yeux au ciel, et dans une sainte effusion je promis à Dieu de lui consacrer mes jours, si je pouvais retourner en France.

Quoique cette promesse fût solennelle et qu'elle calmât mon cœur, un instant après je tentai de gagner la vieille et ses filles pour avoir la liberté : elles furent inexorables, et mes tentatives ne servirent qu'à me faire observer de plus près.

Synnelet revint, toujours plus tendre et plus soumis. Quel est donc le pouvoir de vos charmes? me disait-il; vous me traitez avec la plus grande rigueur, il ne tient qu'à moi de mépriser vos mépris mêmes; mon oncle est après Dieu le maître de cette contrée, il me persécute pour m'obliger à me servir de tous mes droits sur vous; je meurs de mon amour, et c'est moi qui suis votre esclave! Qu'employez-vous donc pour m'enchanter de la sorte? En effet, je trouvais rare, et je n'en reviens pas encore aujourd'hui, qu'un homme ait été capable à la fois d'une pareille délicatesse et d'un artifice soutenu et combiné, comme celui qu'il employait chaque jour pour vous chasser de mon cœur.

Synnelet repartit et revint plusieurs fois encore; il ne me parlait jamais que de son désir de me plaire; il voulait ne devoir ma main qu'à son amour et à ma tendresse. Vous allez revenir à la ville, me disait-il; là, si je ne parviens pas à toucher votre cœur, du moins aurai-je le plaisir de vous contempler sans cesse.

Ma retraite avait quelque chose de conforme aux sentimens qui régnaient au fond de mon ame ; je commençais à l'aimer : je suppliai Synnelet de m'y laisser du moins pour quelque temps. Mais, pensai-je tout à coup, j'en apprendrai plus par la voix publique que je ne pourrai faire dans ma retraite : retournons à la ville.

Synnelet me ramena et me fit occuper le plus bel appartement de la maison de son oncle. Nous y passâmes quelques semaines sans qu'il se démentît de sa soumission; mais il m'en accablait. Il s'avisa enfin de me faire parler sérieusement par son oncle qui l'avait laissé agir seul jusqu'à ce moment. Eh bien ! mademoiselle Manon, me dit un jour le gouverneur, c'est donc vous qui faites sécher mon neveu sur pied; pour moi, je n'aurai pas les mêmes complaisances; je ne suis point épris de la beauté, et je vous déclare que, si dans quinze jours vous n'êtes pas sa femme, je saurai bien vous y contraindre. Apprenez qu'il vous fait trop d'honneur; une fille déshonorée dans son pays, châtiée avec la plus grande infamie, que je comble ici de mes bontés, et qui, pour récompense, me prive d'un neveu qui fait toute mon espérance; songez-y bien, mademoiselle, dans quinze jours vous serez sa femme, ou de gré ou de force.

Il me quitta. Synnelet parut après lui : je ne l'avais jamais trouvé si haïssable; il était cause de tout ce que je venais d'entendre ; je le rebutai, je lui annonçai que, si on exerçait jamais sur moi la violence, on pouvait peut-être me posséder un quart d'heure; mais que, si on m'aimait véritablement, on s'en repentirait toute la vie. Synnelet me parut moins pénétré du respect qu'il m'avait toujours fait paraître. Si mon oncle, dit-il, veut absolument que notre mariage s'achève, il faudra bien que je le laisse agir ; je sais que j'aurai à souffrir de vos premières répugnances; mais vous vous ferez à mon amour et à votre devoir, et je suis sûr que nous vivrons les meilleurs amis du monde dans la suite.

L'air cavalier avec lequel il me débitait ces paroles, le danger où je me trouvais exposée dans une maison et dans un pays où on avait tout pouvoir sur moi, me firent imaginer un expédient bizarre, auquel j'eus recours avec succès. L'aumônier avait la permission de me venir voir et s'acquittait faiblement de la charge qu'on lui avait donnée de me réduire par les principes du christianisme à ce qu'on exigeait de moi; je n'avais pas pour lui une aversion décidée; je ne comprenais pas pourquoi, car il m'avait donné assez de sujets de me plaindre; mais il est sans doute des sympathies qui préviennent nos cœurs. Ne tremblez point, mon cher chevalier, laissez-moi vous conter sans vous troubler d'où celle-là pouvait naître; néanmoins, soit qu'elle se fît vraiment sentir, soit que j'entrevisse qu'il pouvait un jour me secourir, je ne lui parlai pas avec la dureté que j'aurais dû lui faire voir, et je lui dis même que je m'étonnais de la complaisance que j'avais à l'écouter sans haine. D'où cela peut-il venir, monsieur l'aumônier? Ah! sans doute, me répondit-il en se jetant à mes genoux, de tout l'amour que j'ai pour vous, belle Manon; vous m'autorisez vous-même à vous déclarer le feu qui consume mon ame; je sais combien il est illégitime; je sais qu'il me fait trahir ma religion et mes maîtres; mais il est si dévorant, qu'il ne me laisse plus la liberté de me posséder, et que j'aime mieux mourir que de ne pas vous le faire connaître. Mais, continua-t-il, si vous voulez mettre cet excessif amour à l'épreuve, il pourra vous servir, j'ai des ressources ici; on ne me soupçonnera jamais de vous être favorable, et je ne doute pas qu'avec le temps je ne vous débarrasse de Synnelet, qui vous est odieux, et que je ne vous rende à votre patrie.

Je m'étais levée dans les commencemens de son discours. A genoux devant mon fauteuil, il y appuyait ses deux mains. Synnelet entra; dès que l'aumônier le vit, il leva les mains au ciel en restant toujours à genoux; Synnelet lui demanda ce qu'il faisait là. Il se retourna en feignant de ne l'avoir pas aperçu, et, prenant le ton de l'hypocrisie la plus attendrissante : Je suppliais le Tout-Puissant, répondit-il, d'inspirer à mademoiselle les sentimens nécessaires au bonheur de vos jours, que tous mes conseils ne peuvent lui faire naître. Synnelet le remercia de son zèle et nous annonça qu'il était obligé de s'absenter pour tout le jour. Écoutez, me dit-il avant de partir, écoutez M. l'aumônier; c'est un saint homme, qui ne vous parlera que pour votre bien, et dont les lumières et les connaissances ne peuvent que vous mettre dans le bon chemin. Pour partir d'ici, me dis-je à moi-même, après avoir eu le temps de réfléchir à tout ce que m'avait dit l'aumônier et à la conduite que j'avais à tenir avec lui. Il se releva, et, me pressant de retourner à mon fauteuil pour se replonger à mes genoux : J'aime mieux, lui dis-je, que vous me parliez debout; on pourrait encore nous surprendre. Ah! charmante Manon, me dit-il, je lis dans vos yeux que je ne suis pas indigne de votre cœur. Que voulez-vous que je fasse de l'amour dont vous me parlez? lui répondis-je. Je ne vous aime point; où cela nous mènera-t-il? Votre état! Qu'appelez-vous mon état? reprit-il; j'ai celui-là ici parce qu'il m'y fait vivre; mais dans un autre pays je n'en ai plus; débarrassé de mon habit, je ne suis plus qu'un homme. Mais Dieu, m'écriai-je, à qui vous avez promis... Sortez de l'erreur, me répondit-il. Là-dessus il me tint des discours auxquels une raison plus faible que la mienne se serait laissé prendre, pour me persuader que toutes nos idées sur notre culte et sur nos mystères n'étaient qu'une convention de ceux d'entre les hommes qui s'étaient les premiers arrogé le droit de commander aux autres; qu'il était du secret ainsi que tous ceux de sa profession, et que je ne devais pas m'arrèter à ces bagatelles. Il me fit frémir et admirer tout ensemble comment j'en étais réduite à me servir, pour retourner moi-même à ce Dieu que j'adorais dans mon cœur, du bras d'un homme qui le reniait hautement, ou qui s'efforçait de me donner les preuves les plus convaincantes, que, s'il en existait un, il ne se mêlait en aucune manière des actions des hommes.

Oui, belle Manon, poursuivit l'aumônier, je vous promets de vous enlever d'ici par le premier vaisseau qui viendra d'Europe. Quand en attend-on? lui dis-je. Au plus tard dans un mois, me répondit-il. Mais vous ne savez pas, lui répliquai-je, que l'oncle de Synnelet vient de me déclarer qu'il voulait que mon mariage s'accomplît avec son neveu dans quinze jours; comment parerons-nous à cet inconvénient? Voyons si cet amour dont vous me parlez tant sera fertile en stratagèmes; voyons si cet homme sublime, qui trouve tant de moyens pour saper les fondemens d'une religion établie sur les plus solides principes, en trouvera pour arrêter la puissance d'une passion criminelle? Il réfléchit un instant, et me dit: J'en sais un tout simple, mademoiselle; le vieux gouverneur a eu autrefois le cœur aussi tendre qu'un autre, ranimez les étincelles d'un feu qui couve sous la cendre, rien n'est impossible à vos charmes; paraissez le préférer à son neveu, il ne pourra se défendre de vous aimer. Par tendresse pour son neveu, il sera quelque temps à lui cacher votre amour; vous nourrirez son espoir; il voudra donner des couleurs honnêtes à ses actions; il éloignera peut-être ce neveu, que sais-je? Ce sera à votre adresse à conduire cette intrigue. Du moins gagnerez-vous du temps jusqu'à ce qu'il arrive des vaisseaux, et ce sera à moi à me charger du reste.

Je ne pus m'empêcher de sourire : c'était là précisément le projet bizarre qui me roulait par la tête depuis quelques jours, et je confessai à l'aumônier qu'il n'avait pas les gants de cette invention. Ah! me dit-il, belle Manon! n'en augurez-vous pas que nos cœurs sont faits l'un pour l'autre, puisque déjà leur opinion est la même sur ce qui doit, dans ce moment, vous intéresser davantage. Ce n'est pas là tout-à-fait ma conclusion, lui dis-je, mais soyez prudent, je veillerai à mon rôle, songez à bien exécuter le vôtre; et, avant tout, dites-moi toute la vérité sur le chevalier Desgrieux. Est-il parti avec une femme? L'aumônier me jura par le ciel et par l'enfer que vous étiez parti avec une fille perdue nommée Olympe dont vous aviez fait votre maîtresse.

Je lui dis de me laisser; je ne pus m'empêcher de réfléchir aux faiblesses qui maîtrisent un cœur dévoré par l'amour; car, me disais-je, cet aumônier est une grande dupe si, avec l'esprit le plus fort, il peut se persuader que Manon va se jeter entre les bras d'un prêtre renégat, ou peu s'en faut, pour aller courir le monde avec lui et s'associer à ses crimes et à sa misère; tandis que je refuse opiniâtrément Synnelet, homme riche, jeune et presque beau, le fils de mon supérieur et le maître de mes actions et de ma vie! N'importe, profitons de son aveuglement pour partir, car rien ne m'est si insupportable que ce séjour.

Je ne me fiais pas tout-à-fait à la réponse de l'aumônier sur ma dernière question; je voulais sonder là-dessus encore quelque autre personne. Un secrétaire du gouverneur m'ayant présenté une pièce de vers en forme d'élégie qu'il avait composée et que je trouvai analogue à la tristesse de mon cœur, je le retins près de moi, et après mille propos indifférens je fis tomber la conversation sur ma catastrophe, qui avait été long-temps l'histoire à la mode dans tout le Nouvel-Orléans : Peut-être, disais-je, celui-là n'a-t-il aucune raison pour me déguiser la vérité. Il me raconta votre départ avec les mêmes circonstances. C'était comme un jeu. J'étais en prison chez le gouverneur; je ne voyais que l'aumônier, Synnelet et une servante dévouée à son maître comme un chien, qui me répétait chaque jour la même histoire.

Je vous avoue, mon cher chevalier, que, ne pouvant pas vous comprendre, vous perdiez tous les jours quelques flammes de ma tendresse; je sentis que je parviendrais par degrés à vous chasser tout-à-fait de mon souvenir; et je fis alors, à Dieu, plus solennellement, la promesse de n'être jamais à aucun autre homme et de me vouer à lui.

Le vieux gouverneur ne tarda pas à me fournir l'occasion que j'avais désirée; il avait fait une absence pour des tournées imprévues; à son retour, il me vint voir.

Je vous avais accordé quinze jours, me dit-il, voilà près de deux mois expirés, vous devez vous être toute consultée. Je prétends, mademoiselle, que mon neveu vous épouse la semaine prochaine, et, pour vous faire voir qu'on ne cherche point à vous séduire et à vous détourner injustement d'un amour ridicule, lisez vous-même une lettre que je viens de recevoir de France. Il était arrivé la veille une de ces frégates en course qui avait apporté des ordres de la cour concernant le service du pays et qui devait repartir quand le gouverneur aurait fait ses dépêches; l'aumônier m'en avait prévenu en m'avertissant que ce n'était pas là une occasion favorable pour notre départ.

Je lus alors une lettre maudite qui avait été fabriquée pour être produite en cette occasion. Elle était signée d'un vieil ami du gouverneur, homme de condition, dont le nom m'a échappé, qui mandait que le chevalier Desgrieux, devenu riche par la mort de son père, lui avait demandé sa fille en mariage, qu'il avait appris que c'était un maître libertin; que ses aventures l'avaient forcé d'aller au Mississipi, mais qu'il paraissait corrigé; que le chevalier lui-même lui avait avoué que l'amour seul qu'il avait eu pour une certaine petite Manon lui avait fait faire bien des sottises, mais que, pour les oublier et pour l'en punir, il l'avait abandonnée dans le désert. Ce vieil ami demandait dans la suite de sa lettre comment vous vous étiez comporté au Nouvel-Orléans, et si on avait trouvé en vous le repentir sincère de vos fautes.

Cette lettre où l'on avait imaginé la mort de votre père au hasard, puisqu'on vous y nommait toujours le chevalier Desgrieux, ne me parut cependant pas fabriquée, et vous conviendrez qu'elle était bien faite pour me jeter dans le désespoir; je m'y voyais méprisée par vous autant qu'abandonnée; vous y faisiez vous-même l'aveu du crime d'abandon; le dépit m'inspira du mépris à mon tour, et ne perdant pas de vue mon projet de départ, j'avouai au gouverneur que ce n'était plus le sentiment que je conservais pour vous, puisque vous n'en méritiez plus, qui m'éloignait de Synnelet, mais un penchant plus raisonnable dont je n'étais pas la maîtresse. J'ai eu tant à souffrir des écarts de ce jeune homme, lui dis-je tout de suite, que si jamais je m'engageais de mon plein gré dans les liens du mariage, je désirerais trouver un homme mûr, qui me consolât par sa sagesse. Je le regardais tendrement en lui disant ces paroles. Si jamais j'ai désiré que ma figure prît quelque empire sur un homme, ce fut sur celui-là. Je l'animai de tout ce que je crus capable de le séduire; je lui pris les mains en le priant de ne me pas contraindre. Mon père, lui dis-je, car désormais je voudrais que vous voulussiez bien m'en servir, pourquoi Synnelet n'a-t-il pas votre âge et votre figure!

Je me jetai à ses genoux en me couvrant le visage d'une rougeur qui ne m'avait jamais servi si à propos. Mes yeux mouillés cherchaient amoureusement sa réponse dans les siens; le vieillard me releva, m'embrassa et versa des larmes. Oh! Manon, s'écria-t-il, la plus belle de toutes les filles! que je suis charmé de tes sentimens, ils me rajeunissent et me comblent de joie! Va, tu seras heureuse; mon neveu n'est qu'un sot qui ne mérite pas en effet ta tendresse.

Il se rengorgea tout de suite comme quelqu'un qui croit devoir un bonheur si imprévu à sa bonne mine. Ne songeons plus, dit-il, qu'au moment de nous unir et au moyen de guérir ce pauvre garçon sans le désespérer (car au fond je serais fâché de le perdre). Ce n'est pas une petite affaire, mais j'en viendrai à bout. Sois toujours inexorable avec lui de ton côté, et laisse-moi conduire toute l'intrigue.

Tout en finissant son discours, le bonhomme se permettait

déjà de petites privautés, comme si c'eût été le jour de nos noces. Il me quitta en me disant qu'il allait faire ses réponses à la cour, et qu'il répondrait aussi au vieil ami, qu'il pouvait donner sa fille au chevalier Desgrieux, que ce jeune homme avait pris d'autres sentimens depuis ma mort, et qu'il était devenu sage. N'est-ce pas, ma fille, continua-t-il, tu as pardonné à ce garçon? tu ne veux pas t'opposer à sa fortune. Je vous croyais coupable, je ne vous croyais plus amoureux, ce qui était bien pis. Il me paraissait bien douloureux de donner moi-même mon consentement à votre mariage. Faites comme il vous plaira, dis-je tristement.

Je rendis compte de mes succès à l'aumônier; nous n'attendions plus que le moment heureux qui devait nous faire finir cette comédie en quittant nous-mêmes la scène.

Le vieux gouverneur, après avoir fait ses dépêches, s'était livré à toute la joie de cette journée : elle lui causa une révolution singulière; à minuit, il se trouva mal dans son lit, il mit toute la maison en alarmes ; il était fort âgé, quoiqu'encore vert; il eut une fièvre violente qui mit ses jours en péril. Dieu! disais-je à l'aumônier, s'il allait en mourir! quel moyen de me soustraire à l'amour de son neveu, qui allait devenir le maître du pays et de ma personne? Nous nous désespérions ; cependant, ce qui nous avait d'abord paru si fort à craindre nous devint favorable quelques jours après, car le vieux gouverneur n'en mourut pas; il traîna fort long-temps et eut toutes les peines du monde à se rétablir, et, quand Synnelet me persécutait avec trop d'importunité, je le menaçais de le dire à son oncle, qui de son côté avait remis au temps de son rétablissement à reparler de cette affaire. Pendant cette maladie, qui dura deux mois, sans que nous vissions arriver de navire, j'étais assez souvent auprès du lit du malade pour troubler quelquefois ses meilleurs momens par les plaintes que je lui faisais de son neveu et les appréhensions où je le mettais que notre mariage ne les brouillât tous les deux. Comptez sur moi, me dit-il un jour, je vais l'envoyer en France pour lui faire solliciter ma survivance : je lui représenterai qu'il ne lui convient pas de se marier pendant que je suis au lit, que je veux d'ailleurs avoir l'agrément de la cour sur ce mariage, et pendant qu'il sera en Europe nous nous marierons. Je ne vis pas d'abord tout le danger de cette résolution, et quand j'en fis part à l'aumônier : Ciel! s'écria-t-il, nous sommes perdus, mademoiselle, et nous n'exécuterons plus rien si vous permettez que Synnelet parte ; nous allons donc nous trouver dans le même vaisseau avec lui, et quand il nous verra, il nous fera remettre à terre, ils me feront pendre, et, pour qu'il ne vous arrive plus de vous échapper, ils vous épouseront sur-le-champ. Ne vous effrayez pas, lui répondis-je, je mène à présent le bonhomme comme je veux ; Synnelet restera, je vous le promets.

En effet, le vieux gouverneur n'eut pas seulement le temps d'en parler à son neveu ; je lui représentai qu'il était inutile qu'il se privât de sa présence, que Synnelet commençait à se lasser de mes rigueurs, et que je lui promettais, avec le temps, d'éteindre tout son amour et de lui voir donner les mains lui-même à notre union.

Enfin, un beau matin, on attacha sur le haut de la ville le signal ordinaire pour annoncer une voile au large. Je tressaillis comme si j'allais vous revoir. Je me disais que c'était pour Dieu seul que je retournais en France, mais mon cœur pensait à vous seul, mon cher comte.

C'était un navire d'armateurs de Marseille, conduit par un capitaine nommé Marsaing. L'aumônier s'entendit sans peine avec lui. Tout alla bien. La nuit la plus orageuse nous couvrit de ses ombres; je n'étais plus observée depuis longtemps; l'aumônier fit, sous mes fenêtres, un signal convenu; à trois heures du matin, je me dérobai par un petit escalier; un canot nous attendait à l'entrée du port, nous y montâmes avec la joie de la délivrance : on nous mena rapidement à bord; comme le capitaine n'attendait que nous pour lever l'ancre, nous nous éloignâmes bientôt à toutes voiles. Le capitaine du vaisseau avait avec lui sa femme; je leur demandai la permission de faire mettre mon lit dans leur chambre; ils y consentirent; on parvint à l'y arranger, malgré les murmures sourds du prêtre amoureux, qui regardait déjà ce navire comme le champ où il allait cueillir le fruit de ses services.

Je mis tous mes soins à me faire aimer de la femme du capitaine, afin d'avoir un prétexte pour lui tenir dans le jour une fidèle compagnie : c'était une de ces femmes ordinaires qu'il me fut aisé de subjuguer; quelques ouvertures que je lui fis sur mes malheurs la mirent bientôt dans mes intérêts. J'entrevis que j'aurais en elle un appui, si l'aumônier ne se contenait pas dans les bornes du plus scrupuleux respect. Pour le capitaine, c'était un fieffé coquin, sous des dehors de bonhomie. En me promenant sur le pont un soir, je le vis entrer furtivement dans une cabine, où il s'enferma comme pour commettre une mauvaise action. Une heure après, sa femme, qui le cherchait partout, me demanda si je ne l'avais pas rencontré. Je crois bien, lui dis-je toute distraite, qu'il est là-bas encore dans cette cabine. Elle alla frapper à la porte de cette retraite indigne. Il sortit bientôt et ferma subitement la porte. Que fais-tu donc toujours là? lui demanda sa femme. Mes comptes, répondit-il sèchement. Le lendemain, à la même heure, le hasard m'avait encore conduite sur le pont par un beau clair de lune. Même comédie que la veille. La curiosité m'entraîna à la porte. J'entendis parler. On ne faisait pas des comptes, car je reconnus une voix de femme dans l'éloignement. Mais alors un homme du bâtiment vint à moi et me pria de rentrer, déclarant que le capitaine, une fois minuit sonné, ne souffrait personne sur le pont; que ses ordres étaient rigoureux et qu'il était là pour y veiller. J'obéis, mais tout en me promettant d'avoir la clé de cette énigme. Je me jetai sur mon lit sans pouvoir dormir. Une heure après, j'entendis le capitaine qui descendait chez sa femme. Dès que je jugeai qu'il était endormi, je retournai bravement sur le pont et j'allai frapper à la porte mystérieuse. On ne répondit pas; je frappai encore. Cette fois on vint ouvrir. Je vis apparaître une jeune femme à peu près nue, qui, ne s'attendant pas à ma visite, poussa un cri d'effroi. Ne vous effrayez pas, lui dis-je d'une voix amie; je connais votre secret et je ne le trahirai point. Tout en parlant ainsi, j'étais entrée dans la cabine. Il était temps, car l'homme de garde allait me surprendre. Puisque vous êtes si bien avec le capitaine, dis-je à l'inconnue, vous me protégerez auprès de lui et me ferez protéger contre les tentatives criminelles de l'aumônier qui m'emmène. L'inconnue répondit par un éclat de rire. La bonne rencontre! dit-elle en me tendant la main. Nous étions dans la nuit la plus profonde. La bonne rencontre! dis-je avec surprise, je ne vous comprends pas. Allons donc, répliqua-t-elle, vous êtes Manon, et je suis Marianne, autrement dit la Bouquetière. Nous n'espérions pas retourner si vite en France. Cette fille me raconta qu'elle avait vu le capitaine dans un cabaret; qu'il l'avait trouvée jolie, qu'elle s'était montrée rigoureuse sur le point d'honneur, qu'elle n'avait consenti à tomber en son pouvoir qu'à la condition de partir avec lui soit pour retourner en France, soit pour aller ailleurs, mais loin d'un pays où elle vivait dans l'esclavage. Après bien des débats, il avait bien voulu la prendre dans son bâtiment, mais à la dérobée, car il était marié, et sa femme voulait être tout à fait sa femme. Il avait mis un matelot dans sa confidence. Cet homme montait jour et nuit la garde à la porte de la cabine où nous étions.

Marianne alluma une lampe et me fit les honneurs de sa prison. Il y avait de quoi se tenir debout et se coucher. Vous savez, me dit-elle en riant, que j'ai depuis long-temps pris l'habitude de vivre couchée. Je lui fis quelques représentations sur ses tristes folies. Mais elle n'avait pas comme moi entrevu le ciel et elle se moqua de moi. Je la quittai, après lui avoir promis de trouver l'instant de rentrer chez elle les nuits suivantes.

Nous avions avec l'aumônier, sur le tillac, des entretiens particuliers, sans cesser d'être en vue à tout l'équipage. Je ne pouvais m'empêcher de lui parler de ma reconnaissance, il saisissait ces instans pour me renouveler les expressions de son amour. A la fin bien assurée de la protection de mes hôtes et convaincue que la connaissance que l'on avait de son état à notre bord le réduirait, au moins sur le vaisseau, à la modération que j'en devais exiger, je résolus de m'ouvrir à lui sincèrement pour ne pas flatter et nourrir davantage ses feux ridicules.

Monsieur l'abbé, lui dis-je (car quand vous voudrez que je vous appelle par votre nom, vous me le ferez savoir), je suis pénétrée des soins que vous vous êtes donnés pour moi et du sacrifice même que vous avez fait de votre place pour me tirer de l'Amérique. Vous ne l'avez pas fait pour Dieu, puisque vous ne croyez pas *qu'il se mêle de nos actions*, aussi vous n'attendez de lui aucune récompense; je suis donc seule votre obligée, et c'est à moi à vous récompenser. Les promesses que je me suis faites de renoncer à tout commerce avec les hommes ne me permettent pas de payer de ma main le prix de vos services; quand je ne serais point asservie à des préjugés qui me paraissent raisonnables, que dis-je! quand je ne serais pas persuadée qu'il y a une religion et des lois qui défendent ces assortimens monstrueux, auxquels je ne peux penser sans frémir, pourrais-je compter sur les sermens que vous feriez au pied des autels en recevant ma main, vous qui êtes prêt à violer tous ceux que vous avez faits sur les mêmes autels de ce Dieu dont vous êtes l'infidèle ministre et dont vous interprétez les lois selon que l'intérêt de vos passions le demande? Parjure sans scrupule à votre Dieu, vous le seriez sans regret à votre épouse. Vous vous êtes épris de moi, parce que j'ai un peu de figure; l'amour que les sens seuls font naître ne dure qu'autant qu'eux : d'ailleurs, c'est chez moi un parti pris de me vouer à la solitude. Ainsi, voici quelles sont mes intentions. Le gouverneur m'a donné à peu près pour cinquante mille livres de diamans ou de bijoux; quand nous serons débarqués, j'en prendrai une part pour payer ma dot dans le couvent que je choisirai; nous ferons présent au capitaine d'une autre part; je vous abandonnerai tout le reste : vous vous ferez 1,500 livres de rente, vous reprendrez votre état, qui vous sera encore de quelques secours, et vous y vivrez en honnête homme.

Il m'écoutait attentivement, je lui avais enjoint de ne me pas interrompre, je poursuivis ainsi : Il vous paraîtra peut-être étonnant que Manon, cette fille que ses égaremens seuls vous ont fait connaître, entreprenne de vous représenter vos devoirs; mais soyez sûr que l'exemple d'un débauché converti est plus propre à bien faire connaître la vertu que toute la ferveur inhabile d'un théologien qui ne l'a jamais mise en opposition pratique avec les vices. Je lui débitai là-dessus une morale dont je fus étonnée moi-même : jamais je n'avais eu tant d'éloquence; il pétillait de me répondre. Son esprit lui aurait fourni des argumens, je l'en empêchais toujours. Que l'esprit de la bonne cause m'inspirât, ou qu'on se plaise à se laisser persuader par ce qu'on aime, ou bien que j'eusse été assez heureuse pour rappeler le sentiment dans son ame, je le voyais en secret m'applaudir. Il me laissa achever ma tirade, que je terminai par trois ou quatre de ces sentences gravées dans tous les cœurs par Dieu lui-même.

J'ai si fort présent, mademoiselle, me dit-il, tout ce que vous m'avez dit, et je veux y répondre avec tant d'ordre, que, premièrement, je n'oublie point que vous m'avez demandé mon nom; il vous a peu intéressé jusqu'à ce jour; on ne m'appelait que l'Aumônier à Amérique, et vous n'avez pas cru dans ce temps qu'il vous importât d'en savoir davantage : je m'appelle l'Escaut. L'Escaut! lui répondis-je, tout étonnée qu'il portât mon nom. Et de quelle province êtes-vous? De Bourgogne. De quelle ville? de Dijon. Savez-vous mon nom? lui demandai-je. Non, me dit-il; on vous a toujours nommée Mme Desgrieux au Nouvel-Orléans jusqu'à votre séparation; le chevalier vous a donné le nom de Manon lors de votre catastrophe; je ne sais si vous en portez un autre. Eh bien! lui dis-je, je m'appelle Manon Lescaut et je suis de Dijon. Je n'en suis pas la dupe, me répondit-il, pensant que je voulais lui faire accroire que je pouvais être sa parente pour mettre une digue plus forte à ses prétentions, et je n'en croirai rien jusqu'à ce que vous me l'ayez prouvé. Malgré l'étonnement que me causait cette heureuse découverte, j'eus assez de prévoyance pour ne pas vouloir parler la première; il pouvait profiter de mon ouverture pour bâtir une histoire à sa fantaisie après celle que je lui aurais faite sur la vérité : je lui dis de commencer à me parler de sa famille avec assez de particularités pour me faire apercevoir s'il y avait quelque affinité entre nous; je le vis dans la même défiance. Je lui proposai alors d'écrire chacun de notre côté ce qui pourrait nous faire reconnaître. Il y consentit; il pouvait encore me tromper en me forgeant une naissance différente de la sienne; mais, soit qu'il n'y songeât pas, soit qu'il voulût bien pour ce moment être de bonne foi, ou que, se figurant que je lui en avais imposé, il ne crût pas que je pusse avoir la moindre connaissance de sa famille, nous travaillâmes séparément à mettre les choses comme elles étaient, chacun de notre côté. Une heure après, nous étant rapprochés les papiers à la main, nous les échangeâmes; mais à peine eut-il lu la moitié de l'écrit, qu'il me sauta au cou en me nommant sa chère nièce; moi, je le laissai faire, parce que je venais de lire aussi qu'il était frère de mon père.

Je ne m'étonnais plus des penchans intérieurs qui me l'avaient fait supporter malgré ses vices; il attribua aussi à la force du sang toute celle de son amour : nous scandalisâmes un peu l'équipage par nos embrassemens redoublés; mais on nous rendit toute notre gloire quand on fut éclairé; car nous nous empressâmes aussi de rendre notre histoire publique.

A quelle joie ne me livrai-je pas alors, mon cher comte? Je venais de me soustraire aux persécutions de mes ennemis en Amérique; il ne m'en restait plus qu'un qui se trouvait mon oncle; je devenais maîtresse de toutes mes volontés, avec assez de facultés pour remplir le seul projet que j'envisageais avec plaisir; si votre cruel et cher souvenir ne m'avait pas toujours occupée, je me serais regardée comme la plus heureuse personne de l'univers.

Il me restait encore sur le cœur un petit sujet d'amertume; j'étais fâchée de savoir mon oncle dans des sentimens si éloignés de ceux que j'aurais voulu trouver dans un homme de ma famille; j'entrepris de le rapprocher de Dieu : vous ne vous y attendiez pas, mon cher comte; cependant il n'est que trop vrai que je mis toute ma gloire à venir à bout de cette conversion. Nos journées étaient longues, je ramenais toujours la conversation à cette matière; vous diriez que je vous prêche, si je vous rapportais tout ce que j'employai de force, d'onction, de ferveur et d'éloquence même (je ne sais où je la prenais), pour effacer de son cœur ces funestes erreurs que j'y avais vu régner. Quoi qu'il en soit, j'eus la consolation, sinon de l'avoir persuadé, du moins de lui faire faire la plus authentique promesse qu'il se conduirait dans tout le reste de sa vie sur mes principes. Et j'aime à croire qu'il me la gardera inviolablement.

Je lui fis alors un détail fort long de toutes nos aventures, et je saisissais dans mon exemple même toutes les occasions de lui prouver que les crimes ne restaient jamais impunis.

Il me fit à son tour le récit des circonstances de sa vie, qui était tout simple : il avait de tout temps été destiné aux ordres sacrés; il avait fait toutes les études nécessaires pour parvenir au dernier avec tout le succès possible; il prétendait alors à de grands bénéfices; mais une scène éclatante qui lui était arrivée l'avait pour ainsi dire exilé depuis une vingtaine d'années en Amérique. Vous serez bien surprise, me dit-il, ma chère nièce, quand je vous dirai que jusqu'au moment de vous voir, exactement je n'avais jamais connu ce que c'était que l'amour : j'ai quarante-cinq ans, et je vous jure à présent que j'achèverai ma vie sans chercher d'autres occasions de recevoir de sa part une seconde blessure. Quant aux sentimens que j'ai pu vous donner de ma façon de penser sur les mystères, ils ne sont point à moi : un capucin défroqué est venu il y a cinq ou six ans à l'Amérique, il s'était lié avec moi de la plus étroite amitié; quelques vaisseaux anglais ayant relâché sur nos côtes, il fit les plus grandes tentatives pour me déterminer à fuir en Angleterre : il se servit pour me séduire de toute la mauvaise logique que je vous ai rendue; il m'avait presque ébranlé par l'esprit et la force qu'il savait donner à ses faux raisonnemens; cependant je l'ai laissé partir seul, et c'est d'après lui, ou d'après l'amour inconcevable que vous m'aviez inspiré, que je vous parlais.

Cependant nous avions un vent si constamment favorable, et nous avions un si bon voilier, que nous achevâmes notre traversée en beaucoup moins de temps que n'en mettent ordinairement les autres bâtimens pour cette course. Avant de mouiller dans le port de Marseille, qui était celui de notre destination, nous avions prévenu le capitaine et sa femme du dessein que j'avais de devenir religieuse ; nous les priâmes de me faire passer pour leur nièce dans le couvent que je choisirais; je les récompensai assez pour les faire entrer dans mes vues, qui n'avaient rien que d'honnête, et nous n'eûmes pas plutôt mis pied à terre, que je cherchai une retraite conforme à mes souhaits; j'en trouvai une comme je la voulais dès le premier mois de mon arrivée.

Mon oncle, qui avait assisté à ma prise d'habit, dans le couvent où vous m'avez vue, craignit que le vieux gouverneur du Nouvel-Orléans, désespéré d'avoir perdu sa proie, n'écrivît en cour, qu'il ne donnât à l'évasion de son aumônier avec une fille une tournure plus maligne encore qu'elle ne se présentait d'elle-même, qu'il ne demandât une éclatante punition, et que la cour ne fût prévenue avant qu'il pût la désabuser; craignant enfin d'être arrêté avant de pouvoir travailler à sa justification, il me représenta qu'il devait aller lui-même exposer qu'il m'avait reconnue pour sa nièce dès mon arrivée à l'Amérique, et que c'était là ce qui l'avait engagé à me délivrer d'une tyrannie inhumaine. Je trouvai sa précaution fort raisonnable; je lui avais donné en entrant au couvent tout ce que j'avais apporté de l'Amérique. Il partit et il m'écrivit plusieurs fois pendant mon année de noviciat que son affaire était arrangée, qu'il avait parié avec un évêque qu'il n'aurait pas un bon bénéfice, qu'il était sur le point de perdre sa gageure et qu'il désirait que ce bénéfice le mît à la portée de me voir autant qu'il le désirait. Je répondis à ses lettres que ce n'était pas là ce qu'il m'avait promis; qu'il paraissait avoir oublié mes maximes et la parole qu'il m'avait donnée de s'y conformer; que j'eusse désiré, pour me convaincre de toute la pureté de ses mœurs, qu'il eût pris un autre chemin pour se placer, et que j'avais même des remords sur les présens du gouverneur qui troublaient ma tranquillité. Je n'ai pas eu le temps de recevoir ses réponses à mon dernier mandement.

Je ne passai pas, comme vous pouvez le croire, mon année de noviciat sans me livrer de cruels combats ; vous m'étiez toujours présent, tous les tableaux de notre folle vie passaient sans cesse sous nos yeux ; mille songes vous offraient à moi avec toute votre fidélité, et mon réveil me retraçait votre abandon. Trois mois s'étaient passés dans ces agitations violentes, j'avais même prié mon oncle l'aumônier de s'informer de vous à son arrivée. Apparemment que, tout pénétré encore de mes sermons, il jugea que mon repos dépendait entièrement de votre oubli : il m'écrivit qu'il avait su que vous jouissiez dans votre ménage d'une paix parfaite. Je vous avoue que je trouvai à mon tour du plaisir à la troubler, et ce fut après avoir reçu cette lettre de mon oncle, que je pris le parti, dans un moment de douleur plus vive, de vous écrire cette lettre qui vous a désolé. Dans mes instans de ferveur je suppliais Dieu de m'envoyer un peu de haine contre vous ; il fallait que mon amour fût bien enraciné dans le fond de mon cœur, puisque je recourais à des moyens, j'ose dire, si impies, dans le fort de ma dévotion, pour vous en arracher. Mais non ! c'était cet amour lui-même qui me dictait de vous peindre encore mes fureurs, comme si vous eussiez pu trouver le moyen de les modérer. Vous ne pouviez me faire de réponse ; cependant mon oncle, de son côté, m'ayant abusée, et vous croyant tranquille dans vos terres, je pris ce silence encore pour une dernière marque de dédain : il ne servit qu'à redoubler mes mépris. Enfin mon année expira et j'allais faire les vœux d'une désespérée ; vous ne pouvez vous figurer tout ce que les jours, tout ce que les nuits qui précédèrent cette cérémonie eurent pour moi de terrible; une voix criait toujours au fond de mon cœur, mais elle était bientôt étouffée.

Je ne connais point d'état plus cruel que celui où je me voyais réduite; j'appuyais mon front et mon cœur sur le marbre des autels, je passais mes nuits à pleurer et à prier; mais, au lieu d'entendre le concert des anges, j'entendais toujours les voix du monde. Enfin je me traînai toute tremblante à l'autel; vous jetâtes un cri, je me tournai vers vous: je vous reconnus sans pouvoir entendre ce que vous me disiez; il n'en fallait pas tant, dans ma situation, pour m'accabler. Vient-il ici, me dis-je en revenant à moi, insulter à ma misère? Le sacrifice était fait; pourquoi vient-il me rappeler que c'est un sacrifice?

Le sieur Marsaing et sa femme m'avaient toujours continué leurs secours. Comme leur vaisseau était depuis peu de retour d'une autre traversée au Nouveau-Monde, ils accoururent au bruit du scandale que j'avais donné dans le couvent. Je leur dis que j'étais toujours dans les sentimens de prononcer des vœux, mais que, dans ce monastère, j'aurais toute ma vie à rougir devant les autres religieuses de ce qui m'était arrivé, et que je les priais de m'en chercher un autre: ils me le conseillèrent d'autant mieux, qu'ils m'assurèrent savoir que vous n'étiez venu à Marseille que pour me faire un mauvais parti, que votre femme voyageait avec vous et parlait de moi avec indignation. Quand Tiberge, qui venait pour me parler de vous, m'eut quittée, le sieur Marsaing vint me dire qu'il n'y avait pas de temps à perdre, que vous aviez apporté des ordres du ministre pour le commandant et pour l'évêque, et qu'il ne s'agissait pas moins que de me faire retourner à l'hôpital où j'avais déjà été mise plusieurs fois; il ajouta avec mystère qu'il partait le lendemain matin sur son vaisseau pour Livourne, que si je voulais il m'y conduirait, que je serais à l'abri de toute crainte dans le pays étranger et que j'y pourrais suivre ma vocation, puisqu'on professait dans cette ville la religion catholique. Je ne pensais qu'aux horreurs de l'hôpital. J'acceptai l'offre du sieur Marsaing tout de suite, sans réfléchir à tout ce qu'il me disait; nous n'attendîmes que la nuit pour sortir du couvent; il me mena droit à son bord, où je retrouvai la Bouquetière, que le capitaine tenait rigoureusement sous sa loi sans que sa femme y prît garde; cette pauvre Marianne avait peur d'être ressaisie par les archers et reconduite au désert. Elle attendait une occasion pour recouvrer sa liberté dans un meilleur pays, en Italie ou en Angleterre. Dès que le jour parut, nous fîmes route pour Livourne.

On tramait contre moi une petite trahison, et on eut soin de me la cacher jusqu'à ce qu'on ne craignît plus les emportemens de ma part qui pouvaient la déceler. L'auteur de ce complot était dans notre vaisseau quand nous partîmes de Marseille; mais il n'osa se montrer à mes yeux pendant cette courte traversée.

Le sieur Marsaing me mena à terre le premier jour de notre arrivée, pour ne me rien faire soupçonner. Le second, il me ramena au vaisseau, me disant que jusqu'à ce qu'il m'eût trouvé un logement convenable, avant de me choisir un couvent, il était plus décent que je tinsse compagnie à sa femme dans le bord que de loger dans une auberge. Mais quel fut mon étonnement quand, le troisième jour de très grand matin, il déploya ses voiles et que je vis que nous quittions le port de Livourne !

Je montai sur le tillac pour lui en demander la raison. Le capitaine était occupé à commander ses manœuvres, il me reçut presque brutalement, et me dit d'aller l'attendre dans sa chambre jusqu'à ce qu'il y descendît pour m'instruire.

J'allai frapper à la porte de sa chambre où sa femme était verrouillée; elle vint m'ouvrir, elle en sortit en m'y faisant entrer précipitamment. Je m'aperçus qu'elle m'y enfermait; je crus que c'était une badinerie et je lui parlai à travers la serrure, mais je sentis tirer ma robe en dedans de la chambre; je me retournai et je vis un homme vêtu superbement qui me tirait d'une main et qui tenait une glace de l'autre. Il ne me fut pas difficile de le reconnaître pour le prince italien à qui j'avais fait à Paris la mauvaise plaisanterie du miroir. Vous vous imaginez peut-être que sa vue inopinée, dans un lieu où je n'étais pas la maîtresse et où j'étais enfermée seule avec lui, me fit évanouir. Il n'aurait peut-être pas demandé autre chose, mais mon indignation et ma colère me donnèrent des forces. J'attendis son fade début pour lui répondre; il me présenta la glace à son tour : Regardez-vous, me dit-il, belle Manon, et voyez si vous n'êtes pas faite pour réduire un homme épris de tant de charmes aux dernières extrémités. Il se jeta à mes genoux : Vous êtes libre à présent, me dit-il; vous fuyez votre amant furieux qui voulait vous perdre; vous alliez, sans doute par désespoir, embrasser un genre de vie pour lequel vous n'étiez point née; la misère, peut-être, vous avait réduite; vous aimez la dépense, je suis prodigieusement riche, et rien ne me paraîtra d'un trop haut prix avec vous. Oui ! belle Manon, continua-t-il en me serrant une main qu'il approchait déjà de ses lèvres, soyez sûre que je ne connaîtrai jamais que vos volontés et que je n'aurai jamais d'autre but que celui de vous servir.

Je compris que je ne pourrais triompher de cet homme qu'en lui inspirant autant de respect qu'il paraissait avoir d'amour; c'est pourquoi je pris sur-le-champ avec lui un ton de dignité et un air de souveraine qui déconcerta sa principauté. La première de mes volontés, lui dis-je, est que vous fassiez ouvrir la porte dans la minute, si vous voulez que je vous parle et que je vous regarde. Il alla tout de suite faire sans doute le signal convenu; on ouvrit. Je vous ordonne, lui dis-je aussi majestueusement, de faire entrer ici la femme du capitaine et de ne me jamais parler que devant elle. Elle doit être de votre gracieux complot; elle vous servira d'auxiliaire.

Il alla, avec toute la douceur possible, la chercher. Elle ne fut pas plutôt entrée que je l'accablai des reproches les plus humilians. Cette femme se mit à pleurer et n'eut pas la force de me répondre.

L'Italien m'assura que ses vues étaient les plus douces. C'est ce que je verrai, lui dis-je brusquement. Sans vouloir l'entendre davantage, je sortis de la chambre pour aller prendre l'air; et, pour montrer que la tranquillité d'ame me mettait au-dessus de la crainte, je tirai, sur le tillac, un livre de ma poche et je fis semblant d'y lire; je fis semblant, car je voyais trouble.

La Bouquetière vint vers moi : Eh bien! mademoiselle, est-ce que vous lisez votre bréviaire? me demanda-elle en se penchant au-dessus de mon livre. Je lui contai en peu de mots mon aventure. Elle se prit à rire : Soyez sans inquiétude et sans crainte, mademoiselle; si le prince persiste, je me jetterai entre vous et lui.

J'eus beau prier le prince et le capitaine de m'abandonner, au premier port venu, à mes infortunes et d'oublier que j'existais, puisque je ne voulais plus vivre que pour Dieu; j'eus beau les menacer de ma vengeance et de ma mort, ils continuèrent à espérer, l'un pour sa récompense odieuse, l'autre pour sa passion frénétique, que je finirais par m'attendrir et reconnaître que la fortune m'offrait ses plus vives tentations. Le vent était bon, la mer favorable, le bâtiment dévorait l'espace. Où allons-nous? demandais-je tous les jours. Nul ne voulait ou ne pouvait me répondre. La Bouquetière croyait que nous allions vers la principauté de mon ravisseur; elle me conseillait de prendre mon parti; elle me demandait à devenir ma première dame d'honneur. Elle ne comprenait pas mes airs farouches. Tu n'as donc pas un souvenir dans ton cœur? lui dis-je un jour avec indignation. Je comprends, dit-elle avec sa philosophie habituelle : mon cœur veut vivre, le vôtre veut mourir.

Enfin, la femme du capitaine, qui m'aimait et qui, tout en servant les desseins du prince, cherchait à me défendre de ses attaques, m'avoua tout, un soir que je pleurais sur le tillac. Elle me dit que le prince, revenant de Paris, avait séjourné à Marseille, dans le temps que mon aventure du couvent faisait un bruit surprenant dans la ville; qu'il avait su, elle ne savait comment, que c'était son mari et elle qui s'intéressaient à mon sort et qui m'avaient fait entrer dans cette communauté; qu'il était venu leur conter que nous avions été intimement liés, qu'il avait appris par eux mes desseins; qu'il leur avait recommandé de me proposer d'aller à Livourne; qu'ensuite il leur avait promis de faire leur fortune s'ils voulaient passer en Angleterre avant de vendre leur marchandise en Italie, pensant bien que je ne voudrais pas le suivre dans un autre navire; que, quand nous serions arrivés à Londres, le capitaine reconduirait son vaisseau à sa première destination; qu'il sentait bien que ses commettans n'approuveraient pas ce retardement; mais que sa récompense les dédommagerait de tous les événemens à cet égard. Comme la femme du capitaine en était là de sa confidence, nous arrivâmes devant Portsmouth. Je dis au prince que je voulais prendre terre, parce que je n'avais rien de plus à cœur que de retourner en France; il m'assura que j'en trouverais plus de facilités à Londres. Nous ne fûmes que peu jours à nous y rendre.

Le prince me parut de la plus grande docilité. Il ne fallait pas être grand politique (et les gens de cette nation ont la réputation de l'être) pour juger que, s'il me paraissait avoir oublié sa promesse d'attendre sans violence que mon amour s'éveillât pour lui, j'aurais été très fondée à lui faire une scène, qui lui serait devenue disgracieuse, en débutant dans un pays où il voulait s'attirer des égards, et où il avait à traiter quelque affaire importante; c'est pourquoi il parut le plus honnête de tous les hommes tant que nous fûmes dans le vaisseau, et il dit au capitaine qu'il me conduirait à son auberge pour me faciliter lui-même les moyens de passer en France.

On avait rendu au capitaine une grande partie de ma dot, il me la remit; le prince voulut y joindre des présens, je les refusai. Je dis que je ne voulais pas loger dans son auberge, mais dans celle où logerait le capitaine; le prince parut encore y consentir, et quand notre vaisseau fut à l'entrée de la Tamise, on descendit dans un canot quelques équipages, tous les miens, le prince, Marsaing, sa femme, Marianne et moi, et nous remontâmes cette rivière pour arriver à Londres : dès que nous eûmes pris terre, le prince parla bas à un de ses gens; il finit tout haut en lui disant de faire avancer un carrosse de louage; je descendis du canot en tenant la dame Marsaing sous le bras; il fallut cependant la quitter pour monter dans le carrosse. Le prince, qui m'y soulevait, monta tout de suite, son valet de chambre ferma rapidement la portière sur nous deux; le carrosse partit comme la foudre; je ne revis plus le capitaine, ni sa femme, ni Marianne. Malgré mes cris affreux, le cocher avait le mot; le prince et ses gens connaissaient Londres; nous entrâmes dans une grande auberge à sa discrétion. On ne s'arrêta point à mes plaintes, on feignit de ne point entendre mon langage; les gens de ce lieu, accoutumés sans doute à de pareilles aventures, me riaient au nez en me disant : *She is vastly pretty.*

Vous êtes étonné, mon cher chevalier, de ce que je n'ai pas marqué dans le carrosse toute ma rage à mon ravisseur. Les forces m'avaient abandonnée, je m'étais contentée de crier, espérant que, dans une ville policée, mes cris m'attireraient du secours; et, quand j'avais vu que le carrosse marchait toujours, je m'étais livrée à des craintes qui m'avaient presque ôté l'usage de mes sens. Le prince me tenait encore son flacon sous le nez quand nous descendîmes à l'auberge.

On me fit monter malgré moi dans une chambre au second étage; je ne montais pas un degré que je ne sentisse mes jambes tremblantes prêtes à m'abandonner; je me laissais conduire comme une criminelle qui va au supplice et qui semble à tout moment voir la hache sur sa tête.

Le prince ne m'y eut pas plutôt fait entrer, qu'il me déclara en termes fort clairs qu'il prétendait voir la fin de toutes mes rigueurs cette nuit-là même; que je m'y résignasse; que je ferais de vaines tentatives pour lui échapper; que tout était à sa dévotion dans cette maison; que les portes en étaient scrupuleusement fermées, et qu'il allait donner des ordres pour notre souper.

Ah! mon cher comte, les grands périls, la mort, Synnelet, l'aumônier, votre inconstance même, rien n'avait encore fait sentir à mon cœur la révolution convulsive qui agita tout mon être. Je regardais le prince avec des yeux où il devait lire la fureur et le désespoir; j'épiais le moment où je pourrais m'emparer de son épée pour le poignarder; il me devina et se tint un peu à l'écart : je saisis un flambeau de cuivre qu'on avait apporté pour nous éclairer, je le lui lançai de toutes mes forces à la tête avec la lumière, qui tomba avec lui et s'éteignit. Je l'avais dangereusement blessé; car, après sa chute, je ne l'entendis que soupirer. Je voulus profiter de cet instant pour me sauver; mais je ne voyais plus à me conduire : je pensai lui marcher sur le corps, mon pied s'embarrassa dans un des plis de son habit, je tombai aussi et je ressentis une douleur si vive que je perdis toute connaissance.

Le bruit de nos chutes attira du monde; on nous transporta sur des lits qui se trouvaient dans la même pièce; je revins la première, et je vis le valet de chambre du prince jeter de grands cris sur l'état de son maître, qu'il regardait comme un homme mort; l'aubergiste, qui parlait fort bon français, dit qu'il craignait les suites de cette aventure, que sa maison serait murée, s'il n'en donnait avis à la justice. Il lui dépêcha un de ses garçons; il me semblait que c'était un secours pour moi que cette justice : je repris courage, je me levai, et dès que le *shérif* parut avec sa cohorte, je m'accusai moi-même d'avoir jeté un flambeau à la tête du prince, et j'ajoutai que, désirant de tout mon cœur qu'il en pût mourir, si on voulait me mener en prison, je rendrais compte de ma conduite à la cour.

Vous irez, me dit en français cette sorte de commissaire; vous irez, ma gentille demoiselle, en me passant la main sous le menton : c'est grand dommage, vous êtes bien jolie; je pourrais vous mettre sous ma protection, si vous voulez... Point d'impertinence, lui répondis-je gravement. Il fit écrire, un secrétaire me fit répéter mes dépositions, et on me mena fort civilement coucher à Newgate. Le prince ne fut pas témoin de toute la joie que je ressentais de l'avoir puni avant son crime et d'aller partager plutôt le lit des criminels que le sien.

L'entrée de cette prison me parut celle d'un palais, quoique cette prison soit infâme. Je ne fus interrogée que deux jours après. Je recommandai qu'on prît les témoignages des gens du navire français qui devait être dans le port; mais j'appris le lendemain qu'il n'y était déjà plus : Marsaing, ayant su notre scène tragique et craignant justement d'être impliqué dans cette malheureuse affaire, avait repris le large sans vouloir en apprendre le dénoûment, aimant mieux renoncer aux récompenses qui lui avaient été promises que d'attendre la mort du prince, dont on pouvait à bon droit le regarder comme le premier auteur. Croyant emmener sa maîtresse, il était même parti sans emmener sa femme. Il n'emmena ni l'une ni l'autre; car Marianne était redescendue lestement dans une nacelle pendant que le navire levait l'ancre au commandement de Marsaing.

La nouvelle de son départ m'affligea. Cependant on me permit de me choisir deux avocats pour défendre ma cause. La maladie du prince devenait assez dangereuse, mes avocats me dirent de ne pas m'en inquiéter; ils ne voyaient pas grand mal à toute mon affaire, et d'ailleurs ils m'apprirent qu'en Angleterre les lois penchaient toujours, par leurs constitutions, à la plus grande faveur pour les femmes.

J'avais sur moi en or ce que le capitaine m'avait remis de ma dot. Il est permis à Londres aux prisonniers, même criminels, de se faire bien servir. Je répandis mes libéralités dans la prison; le geôlier avait pour moi plus de douceur que je ne devais l'espérer; il me dit que, si je voulais me faire servir par une femme de chambre, il y avait une malheureuse française dans la prison même, qu'il allait mettre à la paille faute d'argent pour payer sa nourriture, et qu'elle la gagnerait en me servant. J'y consentis, il me la fit venir, et je la reconnus pour avoir été autrefois à mon service à Paris. Ursule me dit qu'en me quittant, lorsque j'avais été enlevée par ordre de M. le lieutenant de police, elle avait servi une demoiselle qui l'avait fait beaucoup voyager; qu'elle avait fini ses caravanes par Londres; qu'elles s'y étaient brouillées; qu'on l'avait mise à la porte sans la payer; qu'elle avait été bientôt emprisonnée pour dettes.

Le prince italien était au lit. Mes avocats, apprenant qu'il était touché de mon emprisonnement, me conseillèrent de présenter une requête pour demander que mes juges se transportassent chez lui pour y recevoir ses dépositions; il avait jusque-là fulminé contre moi; l'orgueil de la principauté italienne avait été trop humilié, la rage de m'avoir perdue lui avait dicté ses fureurs et ses accusations; mais la peur de me perdre lui fit tout avouer, il déclara qu'il méritait son sort, qu'il m'avait enlevée malgré moi et malgré le ciel même, à qui il demandait pardon; il m'envoya une cassette dans laquelle il y avait deux mille sequins, qui me furent remis et que je distribuai aux pauvres de la prison; enfin, je fus par lui si pleinement justifiée, que peu de jours après on prononça ma grace en me donnant toute liberté. Mon intention était de regagner Paris, où je comptais aller trouver mon oncle l'aumônier. Je pris une chaise de poste pour me rendre à Douvres et j'y montai avec Ursule à la porte de la prison, à cinq heures du matin.

Nous n'avions pas fait une lieue dans la campagne, que plusieurs hommes à cheval et armés entourèrent ma voiture; un d'entre eux vint mettre le pistolet sur la poitrine du conducteur, en lui disant de marcher, par ordre supérieur, où on le conduirait, s'il ne voulait pas perdre la vie; le même homme vint à moi, et me dit fort poliment de n'être point effrayée, qu'on ne me ferait aucun mal; mais qu'on lui avait commandé de me mener à fort peu de distance, où j'apprendrais les raisons qu'on avait de me détourner de ma route. Les cavaliers de cette bande qui nous précédèrent firent signe à cet endroit à mon postillon de prendre sur la gauche; celui qui m'avait parlé était à mes côtés, et le fit obéir au signal avec d'autant plus de docilité que ceux de derrière le mettaient dans le cas de n'oser résister. Nous marchâmes une demi-lieue dans un chemin de traverse; on me fit descendre de ma chaise pour monter dans une autre; on congédia mon voiturier et on changea encore de route. Après une heure environ de nouveau trajet, on me fit mettre pied à terre dans une maison de campagne fort élégante, où on m'offrit tout ce qui me serait nécessaire. Je ne voulus rien prendre qu'on ne m'eût appris chez qui j'étais et pourquoi l'on m'avait enlevée. Je demandai à ceux qui m'arrêtaient ainsi si l'on en voulait à ma bourse, et j'offris de la donner; on me répondit qu'on voulait, au contraire, l'augmenter, mais qu'on ne pouvait, pour le présent, m'en apprendre davantage; que le lendemain je verrais celui qui avait donné tous ces ordres, et qu'il me ferait part lui-même de ses intentions.

Tous ces gens n'avaient apparemment que cette commission; car, après qu'ils m'eurent remise entre les mains d'un concierge et de quelques domestiques des deux sexes qui ne parlaient pas français, ils se rafraîchirent tous et repartirent.

On m'avait conduite dans un appartement fort beau, mais fort élevé. Le concierge nous ayant fait plusieurs signes pour nous engager à prendre quelque nourriture, nous le refusâmes; on nous enferma et on nous laissa seules.

Je fus fort aise d'avoir ce moment de liberté pour réfléchir aux causes de cet événement étrange et imprévu : à quoi l'attribuer? Je n'avais vu dans ma prison que mes avocats et mes juges, je n'avais pu donner de tentation à personne, et personne ne m'avait parlé sur un ton à me faire craindre de nouvelles poursuites amoureuses. Cette nouvelle scène était bien faite pour me donner de nouvelles alarmes; le moyen d'éloigner un si puissant danger? car je me voyais enfermée à un troisième étage, dans une maison isolée, où mes cris ne seraient d'aucune ressource; ma fermeté avait été assez publique pour qu'on ne me laissât plus de flambeau de cuivre sous la main; j'allais devenir la proie de quelque homme déterminé, qui ne paraissait pas vouloir me ménager, et qui prendrait sûrement toutes les précautions possibles pour que je ne pusse lui échapper; je n'avais donc évité tant d'écueils que pour tomber dans de plus terribles ! car pouvais-je entrevoir rien de plus affreux que ce que j'avais à craindre? Dieu peut-il, connaissant le fond de mon cœur, me réduire toujours au désespoir pour lui tenir ma promesse? Quelle est donc ma destinée? Veut-il que je succombe? et peut-il le vouloir? ou veut-il seulement m'éprouver? Alors, c'est à lui à me prêter de nouvelles armes; attendons de sa main celles qu'il me fournira.

Cependant je réfléchissais tout haut à ma situation, afin qu'Ursule pût m'aider dans mes conjectures et y joignît même les siennes; et pas une de celles que nous formions ne nous paraissait raisonnable. Le prince était certainement encore au lit, il ne pouvait être question de lui. Ursule me dit que mon histoire avait fait grand bruit dans la ville de Londres; que quand elle était sortie pour aller faire mes commissions, elle en avait entendu parler partout, qu'on l'avait même interrogée plusieurs fois, sachant qu'elle venait de la prison; mais qu'elle n'avait répondu que vaguement à toutes ces questions, qui lui paraissaient venir d'une curiosité générale plutôt que d'un intérêt particulier. Mais, mademoiselle, me dit-elle, j'attribue moins tout cet éclat au flambeau si bien asséné qu'à la renommée de vos charmes, dont on faisait partout des portraits merveilleux en parlant de vous; et connaissant, comme je fais, le génie de la nation anglaise, je ne serais point étonnée qu'un de ces messieurs ne fût devenu amoureux de vous, sans vous avoir vue et sur la réputation de votre beauté et sur la singularité de ce qu'on a pu savoir de vos aventures. Je connais un lord de beaucoup d'esprit, ajouta-t-elle, qui aime passionnément Mme de Sévigné, morte il y a plus de cent ans, sur la lecture de ses lettres; la tête lui tourne toutes les fois qu'il en parle; il la cherche dans les nouveaux visages qu'il voit, et on craint fort qu'il n'en perde la raison. Vous voyez, mademoiselle, que cette nation est très singulière; ajoutez à cela qu'il y a des gens fort riches dans ce pays-ci, qui ne plaignent pas la dépense pour satisfaire leurs fantaisies; un de ceux-là aura voulu vous voir, quoi qu'il lui en coûte : si vos graces ne répondaient pas à l'idée que chacun s'en est faite, il y aurait à espérer qu'en vous voyant votre ravisseur pourrait ne pas vous contraindre; mais je ne suis que trop sûre que l'audacieux qui vous verra, quel qu'il puisse être, redoublera de tendresse. Tu es galante, dis-je à Ursule en l'interrompant; mais le plus aimable et le plus important de tous les hommes me présenterait ses hommages que je les dédaignerais : mon parti est pris de n'en écouter aucun et de me donner plutôt mille fois la mort que de renoncer au vœu que j'ai formé de passer mes jours dans la retraite.

Je me jetai dans un fauteuil en achevant ces paroles, et je m'y enfonçai dans une profonde méditation que me suggéra un projet que je communiquai tout de suite à Ursule.

Il n'y a que toi, lui dis-je, qui puisses, dans ce moment, me rendre le plus signalé de tous les services, si tes conjectures se vérifient : te sens-tu pour moi assez de zèle pour me tirer d'embarras? Ursule se jeta à mes genoux, qu'elle embrassa en les arrosant de ses larmes. Je vous dois tout, me dit-elle, je voudrais voir répandre mon sang pour vous; mon premier attachement vous en est un plus sûr garant que mes obligations dernières; parlez, ma chère maîtresse, que faut-il que je fasse? Vous ne me commanderez rien de difficile; le véritable désir de vous convaincre de mes sentimens aplanira tout; expliquez-moi seulement ce que vous exigez de moi. J'étais charmée de la trouver dans de si bonnes dispositions; mais plus cette fille me montrait de délicatesse, plus je devais craindre qu'elle n'entrât pas dans mes vues; je m'enhardis cependant à les lui proposer.

Tu es jeune et jolie, lui dis-je, voici peut-être une occasion de faire ta fortune, si mon ravisseur ne m'a point encore vue: prends ma place: tu n'as pas, comme moi, renoncé au monde; nous changerons d'habits; je mettrai encore plus de désordre dans les tiens que je vais prendre, je me défigurerai de mon mieux; prends dans ma malle la robe qui te parera davantage; je te coifferai avec soin; les gens de cette maison ne nous ont point assez fixées pour qu'ils ne soient pas la dupe de notre déguisement; ils ne pourront nous trahir; tu plairas, ma chère Ursule; moi, jouant le rôle de ta femme de chambre, je saurai te faire respecter, je dirai que tu es fille de très grande maison, que tu mérites des égards, et toi, tu paraîtras ne pas t'éloigner d'une alliance raisonnable, si on mérite que tu l'acceptes et si on sait gagner ton cœur. Oui, Ursule, si nous sommes toutes les deux bien adroites, j'augure bien de cette aventure : elle te conduira peut-être à un établissement honnête. Ne te fais point un vain scrupule de tromper un Anglais par une naissance supposée : ils ne connaissent point les mésalliances; tout leur est bon, et tu as de quoi combler les vœux de ceux qui y mettraient plus de délicatesse.

Je m'aperçus qu'Ursule changeait de couleur pendant ma proposition; elle fut un moment sans me répondre, elle me prit les mains qu'elle me serrait tendrement, et elle répandit un torrent de larmes. Je vois bien, lui dis-je, que tu vas me refuser.

Dans quel embarras, répondit-elle, venez-vous de me jeter, mademoiselle! Si je pouvais vous convaincre d'une vérité, rare peut-être dans une fille de vingt-six ans, et surtout de mon espèce, vous sentiriez tout ce que peut avoir d'accablant pour moi le danger où m'exposerait cette démarche; mais, après tout, que peut-elle avoir de si révoltant pour vous? Vous connaissez le monde, et vous faites le vœu de le quitter : ce vœu, vous ne le formez que pour expier vos fautes volontaires; une faute forcée de plus sera-t-elle plus difficile à réparer? Ah! Ursule, lui repartis-je, qu'oses-tu imaginer! Je reconnais ton innocence à l'ingénuité de ta réponse; mais si tu savais qu'il est mille fois plus cruel d'être forcé à la tendresse que de la laisser croître en nous, tu concevrais toute l'horreur de ma position. La volupté, ce cher trésor de deux cœurs qui s'aiment, est le martyre le plus insupportable quand on veut nous y assujettir en esclaves; ces doux plaisirs que nourrit une tendre union de sentimens la détruisent par l'indifférence : la contrainte, à plus forte raison, en fait des peines; la répugnance et le dégoût en font de vrais supplices.

Mais, reprit-elle fort judicieusement, plus vos craintes sont fondées pour vous, et plus elles doivent redoubler mes alarmes : suis-je faite d'un autre limon que vous? Tout ce que vous envisagez de terrible ne doit-il pas être encore plus effrayant pour moi qui suis moins aguerrie? Tu as raison, lui répliquai-je, laisse-moi donc mourir, Ursule, aide-moi même à me donner la mort, puisqu'il n'y a plus que ce moyen de me soustraire à cette dernière infortune. Je me levai brusquement, je parcourus la chambre en cherchant des yeux quelque instrument qui pût servir mon désespoir. Alors je vis Ursule tomber tremblante à mes genoux : Je vous dois la vie, me dit-elle, c'est maintenant à moi, mademoiselle, à mourir pour vous; calmez ces injustes transports, je suis prête à vous servir comme vous le désirez. Allons, ajouta-t-elle tout de suite, commençons le déguisement sans perdre de temps. Je lui sautai au cou, je l'assurai que j'emploierai toute mon intelligence à lui faire tirer un parti légitime de cette aventure, si les circonstances pouvaient le permettre, et je la flattai d'imaginer quelques ruses pour la tirer d'affaire, si nos forces réunies nous devenaient inutiles.

Nous nous travestîmes; je lui fis la toilette la plus complète, et n'épargnai rien pour relever ses attraits. Elle trouva dans le fond de la cassette quelques restes de pommade, de rouge, et un bout de crayon qui, me servant à donner plus de teinte à ses sourcils, me parut fort propre à plomber le fond de mon visage; en une demi-heure, elle eut l'air d'une duchesse, et le moment d'après, mes cheveux en désordre, une robe sale, des manchettes déchirées, me donnèrent l'air d'une soubrettre chiffonnée. Nous répétions, comme vous voyez, notre rôle pour le lendemain, puisque nous n'attendions pas notre ravisseur le même jour. D'ailleurs nous étions bien aises d'accoutumer les domestiques à ce coup d'œil; je prévins même Ursule que, quand on viendrait nous offrir à manger, il fallait qu'elle acceptât; qu'elle se mît seule à table, que je me tiendrais debout pendant qu'elle mangerait les premiers morceaux, qu'elle me dirait ensuite de m'asseoir et que je me mettrais respectueusement à un bout de la table.

On ne tarda pas à nous venir demander par des signes si nous avions faim, et on vint servir plusieurs plats. Ces gens ne nous marquèrent, par aucun étonnement, qu'ils eussent pris garde à notre métamorphose. Nous nous couchâmes de bonne heure, et à la pointe du jour nous fûmes sur pied pour arranger la parure d'Ursule et pour désordonner de plus en plus la mienne.

Sur les dix heures du matin, nous entendîmes le bruit d'une voiture qui arrêtait à la porte de la maison : je courus à la fenêtre; j'en vis descendre un homme seul, tout encapuchonné. Il était suivi de deux sbires armés jusqu'aux dents, qui me parurent farouches. Il se présenta. J'allai ouvrir la porte, tandis qu'Ursule s'étendait mollement sur le bras d'un fauteuil où elle venait de s'asseoir. Le nouveau venu m'ordonna par un signe de lui traîner un fauteuil devant Ursule. La pauvre fille eut bien de la peine à ne pas se lever elle-même pour m'éviter cette servitude. Mademoiselle Manon, dit-il en français travesti d'anglais, je vous aime à la fureur et à la folie. En parlant, il avait découvert la figure de trente ans la plus flegmatique de la Grande-Bretagne. Il était fort laid : un nez rouge, des oreilles rouges, des cheveux rouges. Monsieur, lui répondit Ursule, je suis vivement touchée de votre tendresse pour moi, mais vous ne m'avez jamais vue! C'est pour cela que je vous aime; vous ressemblez au portrait que mon cœur m'avait peint. Si vous voulez, je vous offre mon cœur et mes guinées; si vous ne voulez pas, je vous enlève. Telle fut sa déclaration d'amour. Ursule ne savait que répondre à cette éloquence. Vous me donnerez au moins le temps de vous aimer? lui dit-elle. Oh ! cela m'est égal, vous m'aimerez quand vous voudrez. Il se leva : Mettez votre pelisse, et partons pour Londres. Oui, dit Ursule en soupirant; mais cette fille qui m'accompagne veut retourner en France, dans sa famille; donnez-lui-en les moyens; elle viendra nous rejoindre plus tard. Oh! oui, reprit le galant sans même me regarder; je lui donnerai beaucoup de guinées. Il prit la main d'Ursule et l'entraîna. Oh! je suis amoureux, poursuivit-il, comme s'il eût dit : Je vais descendre l'escalier.

Nous montâmes bientôt en voiture. On daigna m'accorder une place dans la chaise, à côté de ma servante, qui se contraignait beaucoup pour ne pas me conserver sa déférence. Nous rentrâmes dans Londres et nous mîmes pied à terre dans un hôtel du plus haut goût, tout peuplé de valets. Je songeais à l'inconstance des destinées, qui avaient fait d'abord une servante d'Ursule, et qui, par ma volonté, allaient lui donner un rang dans le monde. Elle voulut que je demeurasse quelques heures avec elle. Elle me baisa les mains en versant des larmes, assez résolue à accepter le sort si inattendu que lui offrait ce grand seigneur anglais.

Elle ordonna en souveraine à son cocher de me conduire au plus tôt à Douvres, où je voulais m'embarquer pour Calais. Je partis sous mes habits d'emprunt. Arrivée ici, je retrouvai dans mes malles un costume plus en rapport avec ma position. Mais vous savez la fin de mon histoire, mon cher chevalier, puisque vous m'avez retrouvée en cette hôtellerie. J'oubliais de vous dire qu'en y arrivant, j'ai vu la Bouquetière sur le seuil. Elle m'avait cherchée à Londres; mais, craignant la prison, elle n'avait jamais osé me visiter à Newgate. Elle se jeta à mon cou, elle voulait aussi retourner en France, elle me supplia de la regarder comme une compagne de voyage toute dévouée. Je lui aurais demandé volontiers la même grace, malgré ses principes, tant j'avais peur d'être seule. Vous savez le reste : nous sommes ici depuis deux jours, attendant le départ retardé du paquebot.

SUITE DE L'HISTOIRE

DU

CHEVALIER DESGRIEUX

ET DE

MANON LESCAUT

LIVRE CINQUIÈME.

Manon termina ainsi la seconde phase de son histoire. Nous nous promenâmes un peu par la ville avec Tiberge, qui n'avait pas l'air serein et joyeux que mon bonheur aurait dû lui donner. Une vague inquiétude passait sur sa figure. Il regardait le ciel comme s'il y cherchait un conseil ou une consolation.

Ce jour-là, Marianne, qui depuis la veille avait entamé une aventure dans l'hôtellerie, s'embarqua pour le Hâvre-de-Grace, sous le nom de la baronne de Montval, avec une espèce de marquis de fraîche date, dont la vraie position dans le monde était d'avoir un oncle fermier-général.

Nous revînmes en Picardie avec Tiberge sans que rien de

fâcheux signalât notre traversée et notre voyage. Parmi les terres de la succession de mon père, la plus simple et la plus retirée fut choisie par Manon : c'était un petit château perdu au fond des bois, qui avait plutôt l'air d'un monastère que d'un séjour d'amoureux. J'y étais à peine allé trois ou quatre fois dans ma vie, quand mon père me conduisait tout enfant chez ses fermiers. Nous le meublâmes au plus vite tant bien que mal. La chambre de Manon avait vue sur un torrent que précipitait la montagne voisine. Dès qu'elle y fut installée, elle passait quelques heures tous les jours à sa fenêtre, se complaisant à ce bruit si triste, comme s'il fallait à son cœur un pareil spectacle. Je m'apercevais peu à peu que sa mélancolie, au lieu de se dissiper, augmentait de jour en jour. Elle avait pris cela en Amérique; elle s'en était nourrie au couvent; elle trouvait un charme singulier à s'y abandonner encore, quoiqu'elle m'eût retrouvé et qu'elle eût foi en notre bonheur futur.

Nous nous mariâmes, peu après notre arrivée, en ce petit château. Cet hymen ne fut solennel que pour nous-mêmes, car il eut lieu sans éclat au dehors. Que nous importait le monde! c'était seulement pour Dieu et pour nous que nous en arrivions à cette cérémonie.

J'espérais bien qu'une fois unis, Manon retrouverait sa tranquillité d'ame. En effet, durant les premiers mois, je remarquai plus de calme en elle. Un sourire tendre et amoureux était revenu sur ses lèvres. En nous promenant dans le parc, elle s'appuyait sur mon bras avec plus de laisser-aller, comme si enfin elle s'abandonnait sans crainte à sa destinée jusque-là si orageuse; mais cette sérénité de son ame dura peu. Je m'aperçus, trop tôt hélas! que sa bouche était distraite au milieu de nos embrassemens. Elle s'enfermait chez elle, et semblait tourner de plus en plus à la religion; moi-même je me surprenais souvent agenouillé. Je ne sais plus ce que je demandais à Dieu, tant ma prière était confuse. Peut-être lui demandais-je qu'il voulût bien accorder des enfans à Manon; mais le ciel fut sourd à cette prière-là.

J'oubliais de dire que Tiberge, qui avait été présent à notre union, nous avait quittés pour aller passer une saison dans sa famille. Quand il revint, il nous trouva tristes et comme découragés. Nous n'avions plus rien à nous dire; nous errions, comme des ombres, sous les tilleuls du parc. Manon surtout était silencieuse comme les statues. Nous nous étions tant dit que le bonheur serait avec nous, que nous n'avions plus la force d'être heureux.

Manon sembla se ranimer un peu au retour de Tiberge : elle fut plus expansive avec lui. Il m'arriva de les surprendre très émus par la conversation. Je vous avais répété, mon cher comte, me dit-il un jour qu'il venait d'avoir avec elle un long entretien, je vous avais répété que Dieu finit toujours par avoir raison du faible cœur de sa créature. Voyez comme l'amour humain est périssable, puisque le vôtre, que je croyais le plus vif, le plus persistant, commence déjà à sentir des défaillances! Qui vous a dit cela! m'écriai-je en interrompant Tiberge; est-il possible que Manon vous ait avoué qu'elle ne m'aimait plus! Allons, reprit-il, vous voilà encore dans votre erreur : Manon vous aime toujours, elle est religieusement attachée à ses devoirs; mais, que voulez-vous? son cœur s'est élevé plus haut, et je suppose que le vôtre lui pardonnera, si je vous dis qu'elle aime Dieu.

O passion humaine! m'écriai-je tout atterré, tu n'as que la

force et la durée de l'orage. Quand l'orage a passé, il reste le ciel plus beau et plus grand; mais le ciel dans toute sa pureté, le ciel où est Dieu, ne vous offensez pas, Tiberge, vaut-il les folles et adorables agitations de l'orage? Manon, qui nous écoutait, entra d'un air étourdi et fit semblant de ne pas avoir le mot de notre entretien.

Je remarquai plus que jamais sa pâleur et son abattement. Je pensai que la solitude lui était mauvaise, et je la déterminai, non sans peine, à venir passer l'hiver à Paris; moi-même ce ne fut pas sans des combats sans nombre que je me résignai à ce voyage terrible dans ce pays où j'avais failli perdre l'esprit et l'honneur. Nous y arrivâmes vers la fin de décembre, au temps où les cercles se rouvrent, où l'on oublie l'hiver à force de folies. Je ne savais quel parti prendre; je voulais d'abord ne pas me mêler au monde, hormis dans les spectacles; mais, pour vivre à peu près solitaire à Paris, était-ce la peine d'avoir quitté la province? et puis je vins à songer qu'après tout le scandale de mes aventures n'avait été répandu que parmi les joueurs, les filles d'Opéra et quelques personnages à peu près étrangers à la bonne compagnie. On me connaissait d'ailleurs sous le nom du chevalier Desgrieux, un amoureux de vingt ans; maintenant que j'avais pris le titre du comte de P..., et que la passion m'avait vieilli plus vite que les années, nul ne viendrait dire qui j'étais autrefois. Je conduisis donc Manon dans les cercles à la mode; elle y prit d'abord quelque plaisir, parce que la curiosité est presque la moitié de la vie chez les femmes; mais les cercles étaient devenus graves et sententieux; la philosophie y avait pénétré, les beaux esprits seuls y trouvaient leur compte. Les femmes avaient beau être jolies, elles y perdaient leur empire.

Manon, qui ne s'était jamais amusée par convention, s'y ennuya beaucoup. Ah! me dit-elle un jour, comme j'aimais bien mieux le petit cabaret où nous soupions si gaiement jusqu'au matin. Quel charmant tapage, le bruit des verres et des chansons! Quelle fleur de jeunesse! Quel oubli du monde où nous sommes et du monde où Dieu nous appelle! Ah! mon cher chevalier, où êtes-vous?

J'étais là triste comme si je pleurais sur mon tombeau. Il y a deux hommes en nous, celui de la folie et celui de la raison; je pleurais le premier.

Eh bien! dis-je à Manon, nous irons souper au cabaret; je retrouverai toute ma gaieté; n'ai-je pas toujours tout mon amour? Manon se jeta à mon cou. A la bonne heure, voilà qui est bien dit; oublions tous les mauvais rêves de l'Amérique, et redevenons jeunes, ne fût-ce que pendant une nuit.

Elle s'attifa en conséquence avec plus de laisser-aller que d'habitude; elle retrouva, comme par magie, un petit bonnet qui rehaussait le charme si coquet de sa figure. C'était presque la Manon du beau temps. Hâtons-nous, me dit-elle, comme si elle eût pressenti qu'il ne fallait pas nous donner le temps de réfléchir.

Nous partîmes sans nous inquiéter de la mine ébahie des valets de l'hôtel; nous nous jetâmes dans un fiacre et nous descendîmes au petit cabaret de la *Pomme d'or*, où plus d'une fois, au retour du jeu ou du théâtre, nous avions soupé avec un écu. Elle jeta sa mante sur une table, et parla haut pour se faire obéir, car elle commanda la fête. On nous apporta du vin. Allons, mon cher chevalier, me dit-elle, ne perdons pas les minutes. Nous sommes amoureux, nous voilà réunis, qui sait ce qui nous attend demain? Cette chère fille m'avait ainsi parlé autrefois en pareille rencontre. Je fis de mon mieux pour répondre à cette ouverture; mais je pensais trop que c'était un jeu. Nous ne réussîmes pas à revivre du bonheur évanoui, ce dieu du hasard qui passe quand on ne songe pas à lui. Le vin nous parut amer; il ne donnait plus l'ivresse ni la gaieté. Nous fîmes beaucoup de bruit comme pour nous prouver à nous-mêmes que nous nous amusions beaucoup; mais nous nous levâmes de table fort tristes et nous retournâmes à l'hôtel fort silencieux.

C'en est fait, me dis-je en rentrant, nous ne vivrons plus que du passé. Nous essayerions en vain de rebâtir notre château de cartes; on n'est pas bercé deux fois par le même rêve. L'amour est le dieu des aventures et des romans; dès que la vie s'étaye sur la raison, il disparaît en se moquant.

Je n'osais interroger Manon qui, de son côté, se jetait en plein désenchantement. Notre tentative avait échoué; elle ne voyait que trop que le bonheur cherché est impossible à trouver. Mais nous n'avions garde de nous confier les tristes réflexions qui nous étaient venues. Pour expliquer notre abattement, je lui dis qu'à ce souper au cabaret il nous manquait des amis. Oui, dit-elle; mais où sont-ils? Ah! si nous avions rencontré la Bouquetière et ses cinquante amans! Elle m'avoua qu'elle avait averti la Bouquetière de notre séjour à Paris, et que cette fille devait venir le lendemain. Monsieur le comte, me dit-elle en rougissant de cette entrevue promise, ne vous offensez pas de la présence de Marianne; je ne veux la voir que par curiosité, désirant savoir comment elle a pu recommencer ses folies.

La Bouquetière vint le lendemain. Manon lui fit mille questions; Marianne éclatait en folie et en gaieté. Voyons, Marianne, lui dis-je à mon tour, donnez-moi le secret de votre bonne humeur. C'est bien simple, dit-elle : je vais de tourbillon en tourbillon, je n'ai pas une heure pour réfléchir et me voir passer. C'est une vie bien malheureuse que la mienne, trahie par l'un, abandonnée par l'autre, jalouse de celui-ci, surprise par celui-là, aujourd'hui riche, demain sans ressources; mais que vous dirai-je? je me trouve heureuse de mon malheur comme vous vous trouverez peut-être un jour malheureux de votre bonheur.

Manon s'était singulièrement animée pendant que Marianne expliquait sa vie. Elle a raison, murmura-t-elle, croyant ne se parler qu'à elle-même. Mais j'avais entendu.

Oui, dis-je aussi, elle a raison. L'homme est ainsi fait : heureux du malheur, malheureux du bonheur.

La Bouquetière nous quitta et revint le soir même d'un air mystérieux. Monsieur le comte, me dit-elle, j'ai à vous apprendre une fâcheuse nouvelle : M. Synnelet est ici; je l'ai vu à l'Opéra. J'ai appris de bonne source qu'il n'avait pu vaincre son amour et qu'il venait se distraire en France. Ne lui laissez pas voir Mme la comtesse, car il se porterait à des extrémités.

Manon était sortie; elle rentra avec une lettre de Tiberge. Elle brisa le cachet et la lut tout haut. Tiberge nous parlait des premiers beaux jours et nous demandait s'il nous reverrait bientôt. Répondez-lui vous-même, dis-je à Manon. Eh bien! s'écria-t-elle en respirant avec plus de liberté, répondons-lui par notre retour.

Nous partîmes sans laisser un regret à Paris. Durant les premiers jours de notre arrivée, nous retrouvâmes cette sérénité qui prend le masque du bonheur. Tiberge, qui était venu, nous avertit qu'il allait entrer irrévocablement dans la vie monastique. Il avait assez couru le monde. Quoi que je pusse lui dire pour l'attacher à notre maison, il tint bon dans son dessein; Manon elle-même échoua dans ses prières.

. . . .

Aurai-je la force de terminer ce récit ?

Quand nous touchâmes au jour fixé pour le départ de Tiberge, je surpris cette conversation entre mon ami, mon seul ami, et la seule femme que j'aie aimée. C'était le soir, dans une sombre allée du parc. J'étais descendu de ma chambre, où j'écrivais à un procureur pour un procès important qui menaçait de m'enlever une de mes terres. J'avais laissé brûler ma lumière, qui sans doute indiquait à Manon que j'étais toujours là. Oui, madame, lui dit Tiberge, je pars; c'est Dieu qui le veut. Vous partez et vous ne reviendrez plus! murmura Manon d'une voix étouffée; vous partez !... Mais je vous aime... Ah ! madame, s'écria Tiberge en tombant à genoux devant elle, j'ai été le premier coupable. A Marseille, ne vous rappelez-vous pas mon trouble en vous revoyant ? Dès ce jour, vous êtes venue vous placer entre mon cœur et Dieu.

Après un silence, Tiberge, se relevant, continua ainsi : Vous comprenez, madame, pourquoi je veux partir. Je ne vous dirai pas combien je trouvais doux de vivre auprès de vous; mais c'est une ivresse qui a déjà trop duré. Dieu me la pardonnera-t-il? Et mon ami le plus cher! Je voulais vivre pour lui; mais je m'aperçois que je ne vis plus que pour vous. Adieu, madame! priez Dieu pour moi. Adieu! murmura Manon en retenant ses larmes; adieu! n'oubliez pas que c'est pour moi qu'il faut prier.

Ils ne se sont pas revus : ils ne se reverront pas; mais pourtant j'ai le cœur plus triste que jamais.

. . . .

Ah! Manon! Manon! pourquoi n'es-tu pas restée enterrée sous le sable du désert!

Ici se terminait le manuscrit intitulé : SUITE DE L'HISTOIRE DU CHEVALIER DESGRIEUX ET DE MANON LESCAUT, trouvé dans les papiers de la succession du comte de P..., en 1760.

On lit dans une lettre du temps :

« Le comte de P... était mort sans héritiers; il vivait seul; sa femme s'était retirée au couvent, ne voulant vivre qu'en Dieu. Il paraît qu'ils s'étaient beaucoup aimés; mais ils n'ont pas pu vivre longtemps ensemble, tant il est vrai que l'amour aime l'imprévu et l'impossible. »

FIN.

MANON LESCAUT

A-T-ELLE EXISTÉ?

Manon Lescaut a-t-elle existé? est-ce un rêve du poëte? est-ce un souvenir de l'amant? Ce serait une belle histoire pour les intelligences délicates que celle qui raconterait comment un livre immortel s'est fait : les premières inspirations et leurs éblouissemens, les routes choisies, les sentiers détournés, les belles heures du travail, les défaillances et les désespoirs, l'ardeur renaissante; enfin les dernières pages où l'homme de génie répand son ame.

L'abbé Prévost a écrit son livre à Londres pendant son exil, à l'âge où l'on se souvient, à l'âge où l'on ne rêve plus qu'avec le passé. Manon Lescaut est un souvenir, un souvenir du pays, mais surtout un souvenir du cœur. La preuve? direz-vous; la preuve est à chaque page du livre; la preuve, c'est la vérité du récit et la vérité de la passion. Un rêveur n'arrive jamais là. Goethe a écrit *Werther* avec un souvenir de vingt ans; l'abbé Prévost a mis toute sa jeunesse dans Manon Lescaut. Les plus beaux romans sont faits par la destinée, par le hasard, par Dieu lui-même.

La preuve est aussi à chaque page de la vie de l'abbé Prévost, qui va sans cesse de Tiberge à Desgrieux et de Desrieux à Tiberge. Né à Hesdin, dans l'Artois, son père, procureur du roi au bailliage, fut son premier maître. Il étudia bientôt sous les jésuites d'Hesdin, qui furent heureux d'avoir à leurs leçons un jeune esprit naïf et doux, plein de zèle pour la science et pour la religion. Quand l'écolier eut quinze ans, son père l'envoya finir ses études à Paris au collége d'Harcourt. Dans ce premier voyage, il rencontra une jeune fille dont on ne sait pas le nom; peut-être était-ce tout simplement cette jolie Manon, si fraîche, si aimable, si vive déjà aux débuts du roman. Vous n'avez point oublié le charmant tableau de cette première rencontre. Le procureur du roi au bailliage voulait faire de son fils un abbé; les parens de Manon l'envoyaient à Amiens pour y être religieuse. Mais voilà que le futur abbé rencontre la future religieuse. Ce sont bien là les jeux de la destinée. L'écolier s'avança timidement vers celle qui était déjà la maîtresse de son cœur; elle voulut bien remettre au lendemain son entrée au couvent, afin d'avoir le plaisir de souper avec celui qui parlait si bien de la tyrannie des parens et du bonheur d'aimer. Quelle fut la première suite de cette rencontre? Les deux jeunes gens se contentèrent-ils de souper ensemble à l'hôtellerie? La scène de cabaret rapportée plus loin indique peut-être ce qui dut se passer à cette première entrevue. Quoi qu'il en soit, Prévost arriva sans trop de retard au collége d'Harcourt; mais la jolie fille alla-t-elle au couvent?

Les jésuites, émerveillés de l'intelligence de Prévost, de sa douceur, du charme de sa figure, le caressèrent et le décidèrent au noviciat. Son cœur battait vaguement au souvenir de Manon. Cette image si fraîche et si souriante lui apparaissait à la porte du monde. Mais il n'avait encore que le sentiment des saintes voluptés. Dieu parlait plus haut que Manon. Cependant, un matin, à peine avait-il seize ans, Prévost, tristement accoudé sur un in-folio, entend la vitre qui résonne aux battemens d'ailes d'un oiseau. C'était une hirondelle qui se trompait de fenêtre pour bâtir son nid.

Il n'en fallut pas davantage pour changer la vie du studieux écolier; il ouvrit la fenêtre : au-dessus des toits, il vit le ciel, le soleil, un bouquet d'arbres que le vent agitait. Il se remit à étudier; mais le lieu où il était lui parut tout d'un coup si triste, si sombre, si désolé, qu'il s'enfuit comme s'il eût perdu la tête. Quand il se vit dans la rue, il se demanda où il allait, avec un peu d'effroi, en songeant à la sévère figure de son père. Il se dit qu'il n'oserait jamais le revoir; il n'osa même pas lui écrire. Chercha-t-il Manon dans ce dédale des passions humaines qui s'appelle Paris? Il ne l'a pas dit; il est permis de douter qu'il ait été fidèle au souvenir de ce premier amour.

On voit que chez Prévost le roman de la vie commence de bonne heure. On n'a pas de détails sur cette page de sa jeunesse. On sait seulement qu'après quelques jours de poétique vagabondage dans Paris, il s'enrôla comme simple volontaire, espérant faire son chemin dans l'armée. Il se conduisit vaillamment, mais ne fit pas fortune. Il assista aux dernières batailles de Louis XIV. Il vit finir la guerre, sans espoir de gagner un grade; ne voulant pas, dans son ardeur pétulante, rester soldat durant la paix, il courut s'enfermer à La Flèche, chez les pères jésuites. Il voulait renoncer aux séductions et aux vanités du monde. Touché des remontrances de son père, croyant entendre Dieu qui parlait à son cœur, il jura de vivre désormais dans l'austère solitude d'un cloître.

Tant que l'hiver dura, il se complut dans cette vie de travail et de contemplation. Les tristesses de novembre, les neiges de janvier achevèrent de le fortifier dans ses sages résolutions; il voulait savourer long-temps les austères voluptés, les lys sans parfum qu'on cueille au pied de la croix. Mais revint le printemps. Je suis perdu, pensa Prévost au premier rayon de soleil qui tomba sur son front. Il alla se confesser au directeur : Mon père, voilà encore mon cœur qui s'ouvre aux séductions du monde. Sauvez-moi, empêchez-moi d'entendre toutes ces joies trompeuses qui m'appellent à ma perte. Je veux vivre avec vous, vivre pour Dieu dans les voies sacrées où vous marchez.

Après cette confession, Prévost s'engagea par serment dans l'ordre des pères jésuites. Durant quelques jours, une ferveur renaissante enflamma son cœur et son esprit; il compose une ode en faveur de saint François-Xavier, mais l'ode fut à peine rimée que cette belle ferveur s'évanouit. L'image de Manon était revenue flotter sous ses yeux comme une fée qui promet mille enchantemens; il avait entendu dans son cœur la voix de cette sirène perdue dans les écueils. Elle criait : Viens! viens! viens ! Elle lui tendait les bras, et elle chantait, et elle lui disait encore : Viens ! Il se jetait à genoux, il appuyait son front sur le marbre de l'autel; il voulait éteindre sa lèvre sur la croix; mais qu'avait-il rencontré, le rêveur profane! la lèvre fraîche et parfumée de Manon.

Non, s'écria-t-il, non, je ne suis pas né pour prier, mais pour aimer; l'ombre du cloître est un manteau de plomb trop lourd pour mes épaules. O mon Dieu ! accordez-moi un peu de soleil et un peu d'amour : ce n'est point un suaire qu'il faut sur mon cœur, c'est un cœur qui batte. Et, disant ces mots, il voyait s'avancer vers lui, dans toute la grace et dans tout l'attrait de ses seize ans, cette fraîche beauté qui avait soupé avec lui à Amiens. Je la retrouverai, dit-il en tendant les bras. Disant ces mots, il s'avança dans la cour de l'abbaye. Voyant la porte ouverte, il partit sans avertir personne. Une seconde fois il quitta Dieu pour le monde.

Il avait appris pendant sa première campagne que Manon ne suivait pas mieux que lui le vœu de ses parens; un soldat d'Amiens lui avait dit que cette jolie fille était à Paris vivant sur les revenus de sa beauté. Prévost courut à Paris. Il chercha Manon partout, il ne la trouva pas. Que n'eût-il pas donné pour la revoir, dût-il la reperdre aussitôt, cette charmante créature toute de séduction et de perversité qu'il avait embellie encore dans son imagination!

Il reprit du service; mais, cette fois, grace à quelque protection, il partit pour la guerre avec un grade. Ce fut la période de sa vie la plus romanesque, la plus aventureuse, la plus singulière. On a conservé quelques pages et quelques lettres de lui sur sa vie de soldat. « Quatre années se passèrent à ce métier des armes; vif et sensible au plaisir, j'avouerai, dans les termes de M. de Cambrai, que la sagesse demandait bien des précautions qui m'échappèrent. Je laisse à juger quels devaient être, depuis l'âge de vingt à vingt-cinq ans, le cœur et les sentimens d'un homme qui a composé le *Cléveland* à trente-cinq ou trente-six ans.»

Long-temps en vain il chercha Manon, Manon, son idéal, celle qui doit charmer ses yeux et parler à son ame; ne pouvant la retrouver, il tente de se tromper lui-même: celle-ci n'a que les yeux, celle-là n'a que la bouche; l'une sourit comme Manon, l'autre en a tous les dehors; mais il a beau s'aveugler et s'étourdir, son cœur ne veut pas les reconnaître, tous ces méchans portraits qui ne rappellent la figure aimée que pour la faire regretter davantage. En vain il veut abuser son cœur, on n'abuse pas la vraie passion.

Un jour, il n'y pensait plus, tant il était emporté par le courant des folles aventures; il soupait au cabaret en joyeuse compagnie; dans la salle voisine on soupait plus bruyamment encore; il écoutait les éclats de rire, les gais propos, les refrains grivois; il se lève de table, s'approche de la porte et jette un regard surpris sur ce spectacle animé.

Parmi les trois ou quatre femmes qui trinquaient et chantaient, il en voit une plus belle et non moins folle que les autres : C'est elle! s'écrie-t-il pâle et chancelant. Il entre résolûment l'épée à la main, prêt à tout. Les hommes étaient ivres au point qu'ils ne s'occupèrent pas de lui. « C'est toi, c'est vous! » dit-il en s'arrêtant devant celle qu'il cherchait depuis si long-temps. La belle fille se mit à rire aux éclats. « J'en connais plus d'un, répondit-elle, mais pour vous je ne vous connais pas. — Ah! tu ne me connais pas? dit-il en l'entraînant dans le fond de la salle. Et pourtant je t'ai aimée plus que ma vie, je t'ai aimée au pied de la croix, au champ de bataille, partout où j'ai porté mon cœur! Ah! tu ne me reconnais pas, et moi je pleure en te retrouvant! — Vous pleurez, murmura-t-elle de l'air d'une femme qui n'est pas habituée aux larmes. A présent, poursuivit-elle tristement, je vous reconnais, vous n'êtes plus un enfant aujourd'hui : une épée et des moustaches! — Je ne vous quitte pas, dit-il en l'appuyant sur son cœur, je vous suivrai partout, fût-ce au bout du monde; mais vous ne demeurez pas si loin. Où demeurez-vous! » Elle baissa la tête et répondit d'une voix tendre : « Où vous voudrez. »

Hélas! pensa Prévost, elle n'est plus comme je l'avais rêvée;

mais qu'importe ce qu'elle est! je la retrouve et je l'aime. Il l'emmena sans obstacle. Il passa plus d'une année avec elle dans tous les enchantemens, dans toutes les angoisses d'un pareil amour. Il lui fallait veiller sur sa maîtresse l'épée à la main. Elle l'aimait, mais elle ne répondait pas d'elle, car elle avait pris l'habitude de vivre sans autre souci que le plaisir. Le pauvre Prévost la surprit plus d'une fois sur le point de le sacrifier à ses amis. Il eut beau faire, elle lui échappa; sans doute, il l'ennuyait par trop d'amour. Les maîtresses sont des oiseaux qui, un beau matin, s'envolent par la fenêtre pour aller chanter ailleurs.

En voyant la cage déserte, Prévost tendit les bras avec douleur. Adieu! dit-il en pleurant, adieu, cruelle! je n'ai plus qu'à mourir. Ce fut alors qu'il alla chez les bénédictins de Saint-Maur: « Ce triste dénoûment me conduisit au tombeau, c'est ce nom que je donne à l'ordre respectable où j'allai m'ensevelir et où je demeurai quelque temps si bien mort, que mes amis et mes parens ignorèrent ce que j'étais devenu. » Ne croyez pas qu'il oubliât sa maîtresse dans son refuge. Cette sirène, qui l'avait entraîné dans plus d'un naufrage, chantait toujours pour ce cœur faible, habité par le souvenir. Les pieuses lectures, les sévères austérités, les extases de la prière ne pouvaient le détacher de cette image adorée.

Il n'avait que vingt-quatre ans; il se tint ferme jusqu'à trente à la planche de salut du cloître. Il écrivait alors : « Je connais la faiblesse de mon cœur, il faut que je veille sans cesse. Je n'aperçois que trop de quoi je redeviendrais capable si je perdais un moment de vue la grande règle, ou même si je regardais avec la moindre complaisance certaine image qui ne se présente que trop souvent à mon esprit, et qui n'aurait encore que trop de force pour me séduire, quoiqu'elle soit à demi effacée. Qu'il en coûte à combattre pour la victoire, quand on a trouvé long-temps de la douceur à se laisser vaincre! »

Pour abuser encore son cœur, il se jeta dans les disputes théologiques et dans les ardeurs de l'étude. Il passa dans toutes les maisons de l'ordre : à Saint-Ouen de Rouen, à l'abbaye du Bec, à Saint-Germer, à Évreux, enfin à Paris, où il prêcha avec une vogue prodigieuse. A Saint-Germain-des-Prés, pour se distraire un peu et s'échapper encore, du moins par le souvenir, il commença son premier roman : *les Mémoires d'un homme de qualité.* Ses condisciples savaient qu'il avait traversé une jeunesse orageuse; tous venaient à lui dans les veillées du cloître, le suppliant de leur raconter quelques-unes des histoires de sa vie mondaine. C'était un plaisir trop doux, qu'il ne refusait ni à lui ni aux autres; il fut réprimandé. Ne voulant pas s'avouer qu'il voulait sortir encore une fois de la cellule, l'abbé Prévost demanda sa translation dans une branche moins rigide de l'ordre; il voulait un peu de liberté, sinon la liberté pleine et entière. Comptant sur sa demande, il s'échappa un matin par prévision de Saint-Germain-des-Prés; le bref qu'il attendait ne fut pas fulminé; craignant les suites de cette troisième désertion, qui était plus sérieuse que les autres, il s'enfuit en Angleterre, et de là en Hollande, résolu de vivre désormais où il plairait à Dieu, confiant dans son esprit et dans son étoile.

Revit-il sa maîtresse avant de partir? il ne l'a point dit. On doit croire que non. D'après une de ses lettres, il rencontra, près du Hâvre, une bande de filles de joie qu'on allait embarquer pour l'Amérique; ce tableau le reporta, malgré lui, à ses amours de cabaret. « Hélas! s'écrie-t-il, nous en avons aimé plus d'une que les vents contraires jettent là-bas sur ces rivages perdus. »

Arrivé à Londres, il se hâta d'achever les *Mémoires d'un homme de qualité*, qui lui donnèrent de quoi vivre durant quelque temps. Le succès surpassa toutes ses espérances. Pour donner plus de prix à une seconde édition de ce livre, il songea à y joindre, en forme d'épisode, quelque nouvelle histoire; il chercha un sujet, un héros, une héroïne, une intrigue, un dénoûment. L'image de sa chère maîtresse n'était, comme il l'a dit, qu'à demi effacée; plus il s'en éloignait et plus elle s'embellissait de teintes poétiques : le souvenir a des prismes sans nombre et ne garde que le côté charmant des tableaux de l'amour. C'était une héroïne toute trouvée, un portrait adoré qu'il allait peindre avec amour encore. Pour un héros, il n'avait qu'à se peindre lui-même. Un peu d'imagination pour colorer la vérité, et voilà le roman. La scène qu'il avait vue au Hâvre l'avait frappé; sa pensée y revenait sans cesse, comme s'il y avait eu là quelque figure qui ne lui fût point étrangère : quel dénoûment terrible et poétique! Prévost n'écrivait-il pas son roman, dominé par tous ces souvenirs? On a beau feuilleter ses livres, son journal, ses lettres; on a beau consulter les mémoires du temps, on s'arrête sans rien décider sur ce point délicat.

Ce qu'il y a de certain, c'est qu'il prit son œuvre au sérieux ; il y mit son cœur et ses larmes; le livre achevé, il ne l'oublia pas comme les autres; il l'aimait et le consultait en ses jours de tristesse, comme nous consultons un ami qui sait notre plus cher secret. Entre autres preuves de cet amour de l'écrivain pour son œuvre, on peut voir la critique que l'abbé Prévost fit lui-même de Manon Lescaut dans son journal *Le Pour et le Contre.* « Ce n'est partout que peintures et sentimens, mais des peintures vraies et des sentimens naturels. — Je ne dis rien du style, c'est la nature même qui parle. »

Paris a cela de triste, que dans les hasards de ses mille rues, on rencontre mille fois la figure qu'on fuit, et jamais la figure aimée. Que de fois en vain on a poursuivi dans le désert de la grande ville le souvenir vivant d'un amour de printemps!

Dans la préface de ce livre curieux, *Suite de l'histoire de Manon Lescaut et du chevalier Desgrieux*, car on a osé, lui ou un autre, peut-être Laclos, continuer ce chef-d'œuvre, on raconte que l'abbé Prévost, à son retour à Paris, après six ans d'exil, après le succès de *Manon Lescaut*, rencontra sur le Pont-Neuf, par un grand vent d'automne, sa première maîtresse, celle peut-être qu'il avait pieusement enterrée dans les savanes de l'Amérique. L'abbé Prévost avait une dame à son bras : était-ce une autre passion plus calme? était-ce une amie de la veille, quelque femme du monde éprise de l'écrivain après avoir lu son roman? On ne sait. Tout d'un coup la première maîtresse passe vivement, sans le reconnaître. Mal vêtue, surtout pour la saison, elle avait toutes les peines du monde à se défendre des coups de vent. L'abbé Prévost la reconnut rien qu'à la voir marcher, quoique les années fussent venues plus vite encore pour elle que pour lui; pâle et défaite, ayant subi, comme dit quelque part Prévost d'une autre héroïne, les ravages du temps et de l'amour, elle était toujours jolie, du moins aux yeux de son amant. Dès qu'il reconnut sa chère maîtresse, il fit un pas vers elle avec un battement de cœur terrible. « Qu'avez-vous donc? » lui demanda la dame qui lui donnait le bras. Depuis un instant il avait oublié celle-ci. Il s'arrêta avec désespoir, jetant un regard désolé sur cette volage, charmante et malheureuse fille qui fuyait avec le vent pour aller il ne savait où, ni elle non plus peut-être. Que n'eût-il pas donné pour se jeter dans ses bras et savoir d'elle-même si elle s'était souvenue de lui dans sa longue absence!

Pourquoi n'eut-il pas ce soir-là la force ou le courage de sa passion? Sans doute il n'osa pas faire ainsi un tableau de genre devant tous les passans du Pont-Neuf. Peut-être craignait-il de désoler celle qu'il avait au bras; peut-être l'heure de la sagesse avait-elle enfin sonné pour celui qui avait si long-temps combattu; peut-être enfin ne voulait-il retrouver sa chère maîtresse, la première et la plus aimée, que pour la reperdre aussitôt, après lui avoir encore une fois ouvert son cœur : pareil à ceux qui vont revoir le pays natal avec d'amères délices, mais qui n'y veulent pas demeurer.

On a tenté de faire un parallèle de Marion de Lorme et de Manon Lescaut : on a dit que Marion de Lorme était l'image que l'abbé Prévost avait voulu peindre; on s'est trompé. Marion de Lorme savait toujours ce qu'elle faisait, Manon Lescaut jamais; la première écoutait sa vanité, la seconde n'écoutait que son caprice; l'amante de Cinq-Mars cherchait la grandeur, l'amante de Desgrieux cherchait le plaisir. Un parallèle plus curieux serait celui de Manon Lescaut et de Virginie. Au XVIIIe siècle, la grande et riche nature des tropiques était pour les poëtes ce que l'Orient est pour nous, une zone idéale où l'on fait voyager les plus chères rêveries. Bernardin de Saint-Pierre fait naître son héroïne dans un paysage pareil à celui où l'abbé Prévost fait mourir la sienne. Ces deux romans se tiennent par la même poésie de l'amour et du paysage. Virginie qui meurt dans toute sa pureté est pourtant la sœur de Manon Lescaut qui meurt sous sa couronne de roses profanées, mais qui se sauve à force d'amour.

Extrait des *Portraits du* XVIIIe *siècle* de M. Arsène Houssaye.

TABLE DES MATIÈRES.

AVANT-PROPOS. 1

SUR MANON LESCAUT : *FRAGMENT DE M. SAINTE-BEUVE.*

— *FRAGMENT DE M. JULES JANIN.*

SUITE DE L'HISTOIRE DU CHEVALIER DESGRIEUX ET DE MANON LESCAUT.

LIVRE III. 13

LIVRE IV. 82

LIVRE V. 135

MANON LESCAUT A-T-ELLE EXISTÉ? PAR M. *ARSÈNE HOUSSAYE.* 143

Imprimerie de Gustave Gratiot, 11, rue de la Monnaie.

www.ingramcontent.com/pod-product-compliance
Lightning Source LLC
LaVergne TN
LVHW012005220826
846092LV00001B/244

* 9 7 8 2 3 2 9 7 9 2 1 0 1 *